神田のっぴき横丁1

殿様の家出

氷月 葵

時代小説
二見時代小説文庫

神田のっぴき横丁 1 ── 殿様の家出

目次

第一章　老中一派

一

天保《てんぽう》十三年（一八四二）、一月十五日。

江戸城奥の控えの間で、真木登一郎《まきとういちろう》は折っていた上半身をゆっくりと上げた。

少し前まで静まりかえっていた部屋も、ざわめき始めていた。

皆の前に立った十二代将軍徳川家慶《とくがわいえよし》の足音が、遠くに消えたためだ。

毎月十五日は、朝の総出仕《そうしゅっし》が定められている。幕臣は皆、登城し、将軍に拝謁《はいえつ》するのだ。拝謁といっても、それぞれの控えの間で深く低頭し、将軍のお成りから去るまで、顔を上げることはない。最前列の者以外は足下《あしもと》さえも見ることなく、総出仕の儀は終わる。

登一郎が立ち上がると、

「真木殿」

と、横から声がかかった。

近寄って来たのは、普請奉行《ふしんぶぎょう》の田崎進右衛門《たさきしんえもん》だった。作事奉行《さくじぶぎょう》である登一郎とは同輩だ。普請奉行は城壁や河川《かせん》工事などを受け持ち、作事奉行は寺社や御殿など木工の工事を差配《さはい》するのが役目だ。

「や、田崎殿、役所に戻られるか」

そう問う登一郎と並んで、田崎も「うむ」と廊下に出た。

「風邪はもうよいのですか」

横顔を見る田崎に、登一郎は笑みを浮かべて頷く。

「うむ、熱燗《あつかん》で治した」

作事奉行と普請奉行は小普請奉行《こぶしんぶぎょう》と並んで下三奉行《したさんぶぎょう》と呼ばれている。町奉行、勘《かん》定奉行《じょうぶぎょう》、寺社奉行《じしゃぶぎょう》の三奉行を上と見なしてのことだ。

「そこもとこそ、腰の加減はいかがか」

「うむ、少しよくなりました。暖かくなれば、もっと楽になるはずです」

田崎は庭から吹き込む冷たい風に首をすくめた。

と、その身体が登一郎のほうへと傾き、ぶつかった。

後ろから来た男が、田崎に当たったのだ。

「邪魔だ」追い抜きながら、男が振り向く。

「無礼者が」

あ、と田崎が畏《かしこ》まる。

相手は勘定奉行の跡部《あとべ》大膳《だいぜん》だった。

「これは、ご無礼を」

頭を下げる田崎の横に、登一郎が足を踏み出した。

「無礼はそちらであろう」

その言葉に、跡部が足を止めた。

「なんだと」振り返って真木登一郎を見ると、口を曲《ま》げた。

「これは、真木殿か。廊下を並んで、しかものろのろと歩くなど、城中ではあるまじきこと」

「ほう、なれば、人を追い抜き、しかも当たって詫《わ》びることもしないのは、あるべきことなのですかな」

一歩、踏み出した登一郎に、跡部は顔を歪《ゆが》めて向き直った。

「のろのろと歩いても障《さわ》りのない下の奉行と違い、勘定奉行は多忙なのだ、それくらいわからぬか」

「ほほう、これは意外」登一郎も顔を歪める。

「跡部殿が大目付《おおめつけ》であられた頃にも、やはり同じ足運びをなさっていたと覚えていますがな。早足はただの質《たち》かと思うておりました」

登一郎は、左目だけが細くなった跡部の顔を見る。

跡部大膳は去年、大目付から勘定奉行になったばかりだ。大目付は旗本の就《つ》く最高位であり、勘定奉行や町奉行を経て任じられることが多い。逆に大目付から勘定奉行に変わることは珍しいが、それも強い後ろ盾《だて》を持ってすればたやすいことだと、城中では皆が頷いていた。

歪んだ跡部の顔にみるみる赤みが差し、口が開いた。

「なにを申すかっ」

怒声を発すると同時に、拳《こぶし》を握る。

廊下の端を、人々がこちらを一瞥《いちべつ》しながら通り過ぎて行く。皆、聞き耳を立てているのがわかるが、立ち止まる者はいない。

その廊下を、早足でやって来る男がいた。跡部の背後に寄ると、

「いかがなされた」

首を伸ばす。そのままあいだに入るように立ったのは、南町奉行の鳥居耀蔵《とりいようぞう》だった。

「この真木登一郎がっ」跡部が眉間に皺《しわ》を寄せて指でさす。

「作事奉行の分際で、わたしに意見、いや、愚弄《ぐろう》したのだ」

「ほほう」鳥居は細い眉を寄せて、登一郎を見た。

「なんとも、わきまえを知らぬことよ……して、なにが……」

鳥居が跡部と並んだ。と、その前に、田崎が飛び出した。

「失礼いたしました」身を二つに折って、頭を下げる。

「わたしが悪かったのです、お許しを」

いくども身を折る田崎に、跡部の眉間の皺はじょじょに浅くなった。ふん、とその鼻が鳴る。

田崎はより深く頭を下げる。

「ご無礼いたしました、お許しください」

そう言いつつ手を伸ばし、進み出ようとする登一郎を制した。田崎は顔を小さく振り向けると、目顔で必死に登一郎に否《いな》、と送った。登一郎は、その顔に足を踏み留《とど》めた。

「ふん」

鳥居の鼻も鳴った。

その顔を跡部に向けると、片頬だけの笑いを見せる。

「ま、詫びているのだから、許しておやりなされ」

その言葉に、跡部は「ふん」と再び鼻を鳴らして、踵《きびす》を返す。が、歩き出しながら振り向くと、登一郎を睨《ね》めつけた。

田崎は登一郎の前に出ると、また身を折った。

跡部と鳥居の二人が廊下の角《かど》を曲がるまで、田崎はそれを繰り返した。

「もう、いませんぞ」

登一郎の言葉に、田崎はやっと身を伸ばした。

眉の下がった顔で登一郎を見る。

「わたしのせいで……」

「いや」登一郎は首を振る。

「そこもとに落ち度はない。人にぶつかって詫びるどころか罵《ののし》るなど、町のごろつきと同じではないか」

通り過ぎる人々がちらりと登一郎を見る。

「しっ」田崎は慌てて登一郎を制す。

「人の耳が……」

「かまわぬ、真《まこと》のことだ。そもそも、兄の権威を笠に着て威張《いば》り散らすなど、ごろつきよりも質が悪いわ」

あわわ、と田崎は手を振って、周囲を見る。皆、聞こえぬふりをして、早足で通り過ぎて行く。

跡部大膳は水野《みずの》家から跡部家に養子に入った身だ。兄の水野忠邦《ただくに》は老中首座《ろうじゆうしゆざ》を務めている。ために、跡部は城中では兄と同じように胸を張り、肩を揺らすように歩いていた。

「いやはや」田崎は汗をかいたらしい手を握り合わせる。

「その……わたしは事を荒立てるのはどうにも……」

む、と登一郎はその八の字眉を見た。そうであった、田崎殿は人との諍いを好まぬお人であった……。

「ふむ、つい、日頃から堪《こら》えていたことが口をついてしまった……田崎殿は詫びたのだから、御身《おんみ》に障《さわ》るようなことはありますまい」

「ああ、まあ」田崎は汗ばんだ額を手で拭《ぬぐ》う。

「されど、障りというなら真木殿のほうが……次は勘定奉行か町奉行に出世、と目《もく》されている身ではないですか」

むっ、と登一郎は口を結んだ。大番士《おおばんし》から始まって、大番組頭《くみがしら》、目付《めつけ》などを経て、順調に出世の階段を上り、作事奉行となっていた。下三奉行から、勘定奉行か町奉行に上がるのは近いと、自らも思っていた。町奉行は、若い頃から目指していた役でもある。

しかし、と登一郎は歩き出す。

口を結んだままの登一郎に、田崎も追いついて並んだ。

ちらりと見る田崎の横目は、窘《たしな》めているようにも見えた。

登一郎は気づかぬふりをして、廊下を踏みしめた。

二

朝餉《あさげ》をすませた登一郎は、まだ家人が膳に着いているなか、立ち上がった。

「まあ、旦那様、お早い……今日は非番なのではないですか」

見上げる照代《てるよ》に背を向け、

「うむ、だが、出かける」

　廊下に出て行く。

「では、誰かお供《とも》を」

　振り向いた長男林太郎《りんたろう》にも振り向かず「無用だ」と、部屋をあとにした。

「どちらに行かれるのでしょう」

　長男の声に、「さあ」という照代の声が聞こえていた。

　屋敷を出た登一郎は、駿河台《するがだい》の坂を勢いよく下りて行った。

　よし、と胸の中でつぶやく。むしゃくしゃしているときには歩くに限る……。

　昨日の城中での出来事を思い返すと、足運びに力が入る。道を蹴るように進みながら、神田《かんだ》のにぎわいのなかへと入って行った。

　神田は江戸でも屈指《くっし》の大きな町場だ。小さな町が南北に広がり、多くの町家がひしめき合っている。職人が多く暮らしているため、男達は皆、威勢がいい。

「おう、今日も早《はえ》えな」

「そっちも精が出るな」

　飛び交う言葉にも力があり、交《か》わす顔は笑顔だ。

　そんな人々を見ながら、登一郎は町から町へと歩く。蹴るようにしていた足運びは、だんだんと落ち着いていった。が、頭の中では、時折、城中の人々の顔や光景が浮かび、目は宙を見た。

表の道から、細い道へと入る。そのまま歩いていると、ふと、目が道の端に引き寄せられた。こちらを見ている目があった。

なんだ、易者《えきしゃ》か……。登一郎は足を緩《ゆる》める。

細い道の入り口で、一軒の窓の下に見台《けんだい》を置いて、男が座っている。その目が、登一郎を捉《とら》えていた。

目が合うと、易者は神妙な面持《おもも》ちで小さく頷き、こちらに来いとばかりに目で誘う。

浪人だな、と登一郎は思った。易は浪人がよくやる生業《なりわい》だ。

登一郎の足は、ふらりとそちらに向いた。

近づくと、易者は登一郎を見上げた。

「なにか、迷い事がおありですな」

目を覗き込まれ、登一郎は思わず頷く。

「ふむ……いや、迷っているわけではないが……」

ほう、と易者は見台の上の竹筒に手を伸ばす。竹筒には細い棒の束が入っている。筮竹《ぜいちく》だ。

「占ってみてはいかがですかな、お歳はいくつになられました」

「四十七に……ああ、いや……」

「ほう、わたしと同じ歳ですか、お若く見えますすな」

にっと笑う易者を登一郎は見た。いかにも浪人らしい総髪《そうはつ》は、黒く豊かで、むしろ自分よりも若く見える。

「いや、占いはけっこう」登一郎は手で制した。

「それよりも、なにゆえにわたしに迷いがあると……」

そう言いかけて、登一郎は顔を横に向けた。

道を走って来た男が、細い横丁に駆け込んで行ったためだ。易者もその姿を、目で追っていた。

すぐに、横丁の奥から大声が上がった。その奥から足音が駆けて来る。

「清兵衛《せいべえ》さん」若い男が飛び出して、奥を手で示す。

「来てください、うちの先生が……」

うむ、と清兵衛と呼ばれた易者は、見台から立つと男を追うように駆け出した。登一郎も思わずあとをついて行く。

一番奥の家の前で、先ほど走って行った男が、大声を上げていた。

「さんざん高い薬礼《やくれい》をとったくせに、女房のやつ、効《き》かないどころか悪くなったぞ、金を返せ」

「いやいや」坊主頭の男は首を振る。

「薬というのは、効いたからこそ病《やまい》の元が表に出て、一時的に悪くなったように見えるものなのだ」

「このあいだもそう言ったじゃねえか、そいで違う薬を出したんじゃねえか」

「いや、薬は変えていくものなのだ、合うか合わぬか、使ってみなければわかんのだ」

二人のやりとりを見ながら、登一郎は、医者か、とつぶやいていた。

その二人の横に、男が進み出ると、文句を言い立てる男に話しかけた。

「公事《くじ》にするかね。わたしは公事師だ、相談に乗ろう」

公事師か……と、登一郎はそちらを見る。公事師は訴え事の手伝いをするのが仕事だ。目安《めやす》（訴状《そじよう》）を書いたり、町奉行所とのやりとりをしたり、吟味《ぎんみ》に立ち会ったりもする。

「ほうほう、ならば」別の男も進み出た。

「あたしが金を都合しよう、なに、払いは公事に勝ってからでもかまわないよ」

登一郎はそちらに目を移す。金貸し、ということか……。

「いんや」

後ろから白髪の頭に白鉢巻き巻いた老婆が押し入って来た。手には榊《さかき》の枝を持っている。

「病ならこの弁天《べんてん》が祓《はら》って進ぜよう。医者に治せぬなら、神様に頼むのじゃ」

榊を振る老婆に、拳を上げていた男はそれを下ろし、たじろいで下がった。

「ああ、待て待て」

そこに割って入ったのは清兵衛だった。

「龍庵《りゅうあん》先生の言うことにも道理があるはずだ。どうだ、いま一度診《み》てもらって、ようすを見ては」

怒鳴り込んだ男に、穏やかに言う。

「うむうむ」龍庵は頷く。

「それがよい、病のようすは日々、変わるからな、これから行って診て進ぜよう。信《しん》介《すけ》、薬箱を持っておいで」

清兵衛を呼びに来た若者に言うと、龍庵は「さあ」と、男の背に手を当てて歩き出した。薬箱を手にした信介がそのあとを追う。

登一郎はその後ろ姿を見送って、皆を振り返った。

公事師は肩をすくめ、金貸しは首を振り、老婆はブツブツと言いながら散って行く。それぞれ、横丁《よこちょう》に並ぶ家の戸口へと入って行った。

隣に立つ清兵衛に、登一郎は顔を向けた。

「皆、この横丁に住む者か」

ふむ、と易者は小さく笑って見せた。

「さよう、こののっぴき横丁の住人です」

「のっぴき横丁」

「ええ、のっぴきならなくなった人が駆け込んで来るゆえ、そう呼ばれているのです。まあ、住んでるほうものっぴきならない者ばかりですが」

「ほう、ほかにはどのような者がいるのだ」

「はあ、代書屋、錠前屋《じょうまえや》、戸直し屋など。ああ、子の預かりをしている者もおりますな」

ほおう、と登一郎は腕を組んだ。面白い……。

清兵衛は、さて、とつぶやいて元いたほうへと歩き出した。が、すぐにその足が止まった。役人が数人、走り込んで来たのだ。先頭の男は黒羽織に十手《じって》を差しており、町奉行所の同心であることがわかる。付き従っているのは、その配下だろう。

一行は駆け込んで来ると、家の数を数えながら、四軒目で止まった。

清兵衛はそこに寄って行く。

「なんのご用でしょうかな」

「む」同心は十手を抜いた。

「この家で坂井《さかい》と名乗る者が蘭学《らんがく》を教えていると聞いた。そなた、ここの者を、知っているか」

はて、と清兵衛は首をかしげた。

「わたしはこの横丁の差配を任されている永尾《ながお》清兵衛と申す者、ここにいた店子《たなこ》は三日前に家移《やうつ》りしていきましたが」

「家移りだと、どこへ行ったのだ」

「はあ、確か大坂《おおさか》へ行くと……」

「大坂……その者、ここで蘭学を教えておったであろう」

同心は十手を振る。

そうか、と登一郎は合点《がてん》した。この同心、南町奉行所から来たに違いない……。

南町奉行は鳥居耀蔵だ。鳥居は蘭学嫌いで知られている。奉行になったのは去年の年末だったが、それ以前から水野忠邦の片腕として仕事をこなしていた。水野忠邦も蘭学を排そうとしており、それまで薬屋の看板には阿蘭陀《オランダ》語がよく使われていたのを、禁止としたほどだった。

「さあて」永尾清兵衛は大きく首をひねった。「子供らに字や算盤《そろばん》を教えてはいましたが、それ以外に何をしていたかは存じません」

「真《まこと》か」

「はい」

清兵衛は胸を張る。

同心は十手で戸を叩いた。

「戸は開いておるか、中を確かめるぞ」

「どうぞ」清兵衛は戸を少し開ける。「空き家《あきや》になったので掃除をしているとこで」

よし、と同心は戸を開けると、中へと入った。

「中を調べろ」

その声で、下役人らがなだれ込む。

清兵衛は中で立つ音を黙って聞いている。

登一郎は周囲を見まわした。皆、家に入ったまま、出て来ない。が、おや、と斜め向かいの家に目を留めた。若い男女が窓を開けて、役人が上がり込んだ家を見ている。

役人達が出て来た。

憮然《ぶぜん》とした同心が空き家を振り返ると、下役人はささやいた。

「三日前となると、もう箱根《はこね》の関所《せきしょ》は越えたかもしれませんね」

「ふむ」同心は口を曲げる。

「いずれにしても、江戸を離れたとなれば、我らの役目ではない、戻るぞ」

歩き出す同心に、配下もついて行く。

斜め向かいの窓も、そっと閉められた。

一行の姿が消えると、清兵衛は首を回して、「やれやれ」と、息を吐《つ》いた。腕を回しながら、見台のほうに戻って行く。登一郎もそのあとについて行くと、清兵衛は、

「興《きょう》が失せた、今日はしまいだ」

そうつぶやきながら、見台を片付け出した。

見台をひょいと抱えると、清兵衛は横丁の入り口の家の戸を開けた。見台を置いていた窓の家だ。

「ここがそこもとの家か」

登一郎が軒下《のきした》を見る。〈よろず相談〉と書かれた木札がぶら下がっている。

「さよう」清兵衛は腰掛けていた床几《しょうぎ》も中に入れた。

「といっても、借家……この横丁は皆、店借《たなが》りです」

清兵衛は振り向くと、登一郎の姿を改めて見つめた。

「貴殿、旗本とお見受けするが、そのように町を歩く暇がおありか。お城は禁令の雨を降らせるのに忙しいはずだが」

片方だけ目を細めて、ふっと笑う。

む、と登一郎は口を閉じた。

江戸の町には次々と法令が下され、雨の如《ごと》し、と言われている。それは老中首座水野忠邦の号令によるものだった。

水野は天保十年に老中首座になったものの、その頃にはまだ前《さき》の将軍であった家斉《いえなり》が大御所《おおごしょ》として力を振るっていた。その大御所が去年の一月に逝去《せいきょ》すると、水野は政《まつりごと》を一気に掌握《しょうあく》した。そして、享保《きょうほう》、寛政《かんせい》の御政道《ごせいどう》に戻す、と宣言をしたのだ。

質素倹約と奢侈《しゃし》の禁止を掲げたことで、それにともなう多くの禁令が出された。町人の贅沢《ぜいたく》は禁止され、女義太夫《おんなぎだゆう》は捕まり、女髪結《おんなかみゆい》も生業とすることを禁じられた。

祭りの芝居も富くじも禁止。大凧《おおだこ》に絵彩色を施すことすらも御法度《ごはっと》となった。書物の取り締まりも厳しくなり、出版の差し止めや没収なども行われている。

清兵衛は皮肉な笑いを深めた。

「おかげでのっぴき横丁の客は増えたが、話を聞いていると、そのような禁令、なになるのかと馬鹿馬鹿しくなってくる」

清兵衛は背を向けて、戸口に足を入れた。

「うむ」登一郎はその背に頷いた。

「馬鹿馬鹿しいことだ」

お、と清兵衛が足を止めて振り向く。

「ほほう、役人にもそう思うお人がおられるか」

目顔で頷く登一郎に、清兵衛は、ははは、と笑う。

「いや、それはけっこう」そう言うと、戸口に入っていく。

「しからば、ごめん」

その戸が閉められた。

登一郎も細い横丁を出て、もと来た表への道を歩き出した。

三

大手御門《おおてごもん》をくぐって、登一郎は本丸に続く道を進んだ。昨日、町を歩き回ったせいで、少し、気も晴れていた。

「真木殿」

その声に顔を向けると、木立《こだち》から半身を乗り出した田崎がいた。

「こちらへ」

招く手に従って、登一郎は寄って行く。と、田崎は袖を引いて、二の丸の庭へと引っ張った。庭には木々や茂みが多く、人はいない。

「どうされた」

訝《いぶか》る登一郎に、田崎は向き直った。

「大変ですぞ、昨日、真木殿がおられないあいだに、上でとんでもないことが決められたようなのです。真木殿は佐渡《さど》奉行に任じられるようです」

「佐渡……佐渡島《さどがしま》ということか」

越後《えちご》の沖に浮かぶ佐渡島には金鉱があり、多くの罪人が坑夫として送り込まれている。公儀によって管理されおり、佐渡奉行が置かれている。

「さよう」田崎は眉を寄せる。

「跡部殿が、水野様に訴えたらしいのです。一昨日、真木殿が廊下で言った悪口《あっこう》も、耳にしてご注進に及んだ者がいるらしいのです」

「なんと……」登一郎は拳を握る。

「いや、わたしが意見しただけでも、十分立腹したであろう。腹いせに飛ばすとは、いかにも跡部殿の考えつきそうなことだ」

田崎は八の字眉で頷く。

「昨日、真木登一郎は佐渡送りだ、と跡部殿は言いふらしていたそうです。真木殿、だから、事を荒立てるのは……」

ううむ、と登一郎は歯嚙みをする。

その背後に目をやった田崎は、あっと言ってあとずさった。

登一郎も振り返ると、お庭番《にわばん》の姿があった。庭でこそこそと話していれば、怪しまれる。

「あいわかった、田崎殿、知らせていただき礼を申す。さ、行かれよ」

登一郎が言い終わる前に、田崎は歩き出していた。

一人残った登一郎は、本丸を見上げて、くっ、と唸《うな》った。

城中に未《ひつじ》の刻（午後二時）を知らせる太鼓が鳴った。

登一郎は松の廊下へと足を踏み入れた。

四角い中庭に沿って奥から廊下は延び、やがて曲がる。登一郎は曲がった側の廊下に立つと、耳を澄ませた。

老中首座水野忠邦は、いつもこの刻限に退出する。

登一郎は角まで行くと、そっと顔を出し、曲がった廊下の先を窺《うかが》った。

来た、と登一郎は廊下を下がる。

足音が近づいて来る。

登一郎は大きく息を吸い込んだ。と、その口を開け、大声を放《はな》った。

「まったく、享保や寛政の御政道に戻すなど、正気の沙汰とは思えぬ。寛政など五十年前、享保など百二十年も前のこと。人も世も先へと進むのが道理だというのに、後ろに下がってどうするというのだ。先人《せんじん》の真似をするだけなら、猿にでもできようものを」

足音が走って来る。

「誰だ」

水野忠邦の声だ。

登一郎は歩き出す。

廊下の角《かど》に、水野が姿を現した。

向き合った登一郎に、

「そなたか」

と、唾《つば》を飛ばした。

「やっ、これは御老中……独り言が聞こえましたか」

驚きの顔を作って一歩下がった登一郎に、水野は足を踏み出した。顔がみるみる赤くなっていく。

「真木登一郎か……大膳の言うたこと、真であったな」

水野の握られた拳を、登一郎はちらりと見る。

と、登一郎は「あっ」と声を上げた。

「ああっ」

と唸り、頭を抱える。

「痛いっ」

そう言って、身を崩し、膝をつく。

「な……」

水野が踏み出した足を引いた。

登一郎は頭を抱えたまま、廊下に転《ころ》がった。

「いたた、頭が……」

そこに足音が寄って来る。

「どうなさった」

手も右や左から伸びてくる。

「いかが召された」

身を丸めた登一郎は、さらに足音が集まって来るのを聞いていた。

「ええいっ」水野の声が上がる。

「連れて行け」

はっ、と四方から手が伸び、登一郎の身体が抱え起こされた。

よろめきながら、登一郎は皆の手に支えられて廊下を進む。

すぐに、近くの部屋へと運び込まれた。

「医官だ」

誰かの声に、

「今、来る」

と返る。

畳の上に寝かされた登一郎は身を横にしてそっと目を開けた。

人が集まって、見下《お》ろしている。

その中には田崎の顔もあった。引きつった面持《おもも》ちで、こちらを見ている。狂犬でも見るようなその顔に、登一郎は、やはりな、と腹の底でつぶやいた。

関わりになりたくない、と誰の顔にも浮かんでいる。大声で言ったことが、聞こえていたに違いない。

やがて足音が駆け込んで来た。

「いかがした」

医官だ。覗き込んだ医官が手を伸ばしてくるのを察して、登一郎は目を開けた。

医官はその目を覗き込む。

「頭が痛いのか」

登一郎が黙って頷く。

立っていた者がしゃがみ、医官にささやいた。

「倒れる前に、とんでもないことを言うたのです」

「とんでもないこと、とは」

「その、水野様に対して御政道批判を……」

「うむ」その後ろからも声が上がった。

「真木殿はもともと直言《ちょくげん》の多いお人でしたが、さすがにあのようなことまでは……乱心かとも思いました」

登一郎は笑いそうになるのを、ぐっと堪《こら》える。乱心か、それは使える……。

「ふうむ」医官はそっと登一郎の首に触れ、脈を確かめる。

「中風《ちゅうふう》（脳卒中）やもしれませぬな。中風では、言うことや振る舞いが常と変わることもありますので」

登一郎は、よし、と口中でつぶやいた。これも使える……。

そう思いを巡らせながら、登一郎はゆっくりと上体を起こした。

「お、動けますかな」

手を添える医官に、「はい」と頷いた。

「大丈夫です」

両腕を動かして見せる。

「足はいかがか」

「はあ」

登一郎はゆっくりと膝を立て、立ち上がってみせた。

「おお、麻痺《まひ》はないようだ」

医官も立つと、登一郎の腕をつかんだ。

「歩けるのであれば、屋敷までついて参りましょう。戻って休んだほうがよい、医者も呼び、薬を出してもらうことです」

「はい、かたじけないことで」

ゆっくりと歩き出す登一郎を医官が支える。

集まった人々が凝視《ぎょうし》するのを、登一郎は背中に感じていた。

四

翌日。

文机《ふづくえ》に向かう登一郎に、廊下から声がかかった。

「父上、行って参りました」

「うむ、入れ」

その声に林太郎が入って来ると、登一郎は手にしていた筆を置いた。

「病の届けは受け取っていただけたか」

「はい、お役人からは出仕に及ばず、と言われました。父上……」

林太郎は膝で寄って来る。

「お城で聞きました、父上、御老中に意見をしたというのは真ですか。いえ、その前には跡部様にもなにやら言うたと、聞きました。そのことで、佐渡奉行に転出されるようだ、とも……」

「うむ」膝を回して息子に向き合う。

「これはまだ、そなたの胸だけに留めておけ、わたしは隠居《いんきょ》する」

「隠居……」林太郎は父の頭から膝までを見る。

「病はそれほど重いのですか、どこがお悪いのですか」

ふうむ、登一郎は手で腹を押さえた。

「ここだな……腹の虫が治まらん、ということだ」

「そ、そのような……そもそも、父上はなにゆえに、跡部様のお怒りを買うようなことを言うたのです」

「ふうむ、それも、腹の虫が暴れた、ということだ」

手で腹を叩く父に、息子は目を見開く。

「そのようなことで……真木家三千石を危うくなさったのですか、下手《へた》をすれば、減《げん》封《ぽう》になるやもしれないのに……」

「ううむ、そのときにはそこまで思いが至らなかったのだ。こう、かっと、腹の虫が飛び出してな」

「父上」林太郎が両の拳を握る。

「作事奉行の次は勘定奉行か町奉行に任じられるはず、と人が話しているのを聞きました。町奉行に就くことが、お望みだったのではありませんか」

「ううむ、確かに……だが、勘定奉行には跡部大膳がいる。南町奉行は鳥居耀蔵だ。そなたは二人の人柄を知らぬだろうが、相役《あいやく》となると思うと背筋がぞくりとするのだ。それに、なったとしても、わたしは対立して罷免《ひめん》されるのが落ちだ。なにしろ、あちらは水野様の片腕だからな」

「ですが……」

「まあ、いずれにしてももはやその目はない。だからといって、佐渡に任じられるのも不本意。ゆえにわたしは決めたのだ。隠居して、そなたに家督《かとく》を譲る」

「父上、そのようなこと、急に言われましても、わたしはまだ心構えが……」

さらに間合《まあ》いを詰めてくる息子に、登一郎は胸を張った。

「なに、心構えなどというものは、事前にしても的外《まとはず》れになることが多い。始まってしまえば、いやおうなくできていくものだ」

林太郎は口を動かすが、言葉が出てこない。

登一郎は文机に顔を巡らせた。

「隠居と家督相続の願いを書いておくから、近日中にまた名代《みょうだい》として届けに行ってくれ。わたしは乱心しただの、中風になっただの、噂が広まっているはずだから、すぐ願いは許されよう」

口元で笑うと、登一郎は手を打った。

「おお、そうだ、もう一つ、急ぎの用があった」

登一郎は立ち上がる。

それを見上げて、林太郎は腰を浮かせる。

「用なればわたしが……」

「いや、よい」

登一郎は息子を手で制すると、掛けてあった羽織を取った。

神田の道を曲がって、登一郎は横丁へと進んだ。

今日はいないな……。易の見台が出ていない。

〈よろず相談〉の札が下がった戸の前で、登一郎は声を上げた。

「ごめん」と言いながら、名乗っていたのを思い出す。

「永尾清兵衛殿、おられるか」

中から人の気配がして、戸が開いた。

「おう、これは先日の……」永尾清兵衛は、向き合う。

「はて……相談事ですかな」

「いや、ああ、そうとも言える」登一郎は横に顔を向けた。

「あの空き家を借りたいのだ」

は、と清兵衛は外へと出て来た。

「あの家を……貴殿が、ですかな」

「うむ。ああ、申し遅れた、わたしは真木登一郎と申す」

登一郎が空き家のほうへと歩き出すと、清兵衛も付いて来た。

歩きながら、登一郎は改めて横丁の家々を見る。

間口《まぐち》は二間《けん》だったり三間だったり、平屋だったり二階屋だったりと、それぞれだ。

登一郎は空き家を見上げた。間口二間の二階屋だ。

横に立った清兵衛は、登一郎を見る。

「して、借りてどうされるおつもりか」

「わたしが住む」

「は……」清兵衛は頭から足下までを見た。

「したが、旗本となれば、屋敷がおありでしょう」

「ふむ、だが、わたしは隠居したのだ」

「隠居……」

うむ、と登一郎は身を寄せて小声になる。

「上役に睨《にら》まれてな、左遷《させん》されそうになったゆえ、辞することにしたのだ。辞めると決めて、最後に老中首座に悪口雑言《あっこうぞうげん》をぶつけた。なので、もうあと戻りはできぬ」

「老中首座とは、水野忠邦様のことですか」

「うむ、おかげで腹がすっとした。城中では乱心と言われたがな」

ははは、と笑いながら腹を叩く登一郎に、清兵衛は目を丸くする。

「なんと……」

その目をすぐに細め、清兵衛も笑い出した。

「いや、それは愉快。そういうことなれば……」

清兵衛は戸を開けて、中へと入って行く。

「さ、どうぞ、ご覧なされ」

上がって、登一郎を招く。

「下は小さな二間《ふたま》と板の間、こちらが台所、端に厠《かわや》、して、二階、と」

階段を上がっていく。

「二階は二間」

清兵衛はつかつかと進んで窓を開ける。

「こちら側は六軒、向かい側も六軒です。大きさはまちまちだが」

「ほほう」

登一郎は身を乗り出して、左右を見る。

「ただし」清兵衛は片眉を寄せた。

「向かいは子の預かりをしている家、左隣は錠前屋《じょうまえや》、右隣は拝み屋ゆえ、ちと、うるさいですぞ」

ほう、と耳を澄ませる。

向かいの家からは幼子の声が聞こえてくる。左からはなにやら叩く音がしているが、右隣は静かだ。

「なに、物音などというのは気にすれば耳に障《さわ》るが、聞き流してしまえば風と同じ。わたしは細かい質《たち》ではないゆえ、大丈夫だ」

「さようか、では、あとで外の井戸とごみ捨て場を案内《あない》いたそう。あっと、店賃《たなちん》は三千文《もん》です。安い分、中の直しなどは店子がやることになっています。それもよろしいですかな」

清兵衛が窓を閉めながら振り返ると、登一郎はそれに頷いた。

「うむ、けっこう。あとは、家主殿の了解ですかな」

「いえ、店子を決めるのはわたしですから、無用です。任されているので」

「ほほう、さようか」

「ええ、気に入らない人は入れません。わたしは真木殿が気に入りました。ただ……」

清兵衛は階段を下りながら、首をひねる。

「ただ、とは、なにか……」

続いて下りた登一郎が眉を寄せる。

「ここの店子達が、どう出るか。元は旗本で役人、となると、疎《うと》ましがられるかもしれない。ここのお人らは役人嫌いが多いので」

「ううむ、わたしは役人風を吹かせるつもりはないが……そもそも、役人に愛想《あいそ》が尽きたゆえ、ここに来たのだ」

「ええ」と清兵衛は真顔で向き合った。

「わたしはそこが気に入ったのです。ですが、皆はそのあたりは知らない、ですから、当面、元の身分は明かさないのが賢明《けんめい》かと」

「うむ、承知」

「それと、いまひとつ、これだけはお約束を。この横丁で見たり聞いたりしたことは他言無用《たごんむよう》。よいですかな」

「う、うむ、あいわかった」

登一郎は身を引きつつ、頷く。

清兵衛も頷くと、

「さて、では、外に」

と出て行く。

続いた登一郎は、外に出て、ぎょっと目を瞠《みは》った。

白髪に白鉢巻きの老婆が立っていた。先日、榊を持って現れた拝み屋だ。老婆はじろりと登一郎を見て、歩き出した清兵衛の袖をつかんだ。

「清兵衛さん、まさかこのお侍に家を貸すんじゃあるまいね」

「ああ」清兵衛が振り向く。

「貸すことにした、新しい店子だ」

「なんじゃと、次は町人にしてくれと、言うたじゃろうが。わしゃあ、侍の、人を見《み》下《くだ》す目が大嫌いなんじゃ」

見上げて睨《ね》めつける老婆に、登一郎はあとずさる。世の中にはこのようなもの、いや人がいるのか――と、そっと唾を呑んだ。

二人のあいだに、清兵衛が割って入った。

「まあまあ、おばば、そういきり立たずに」

「おまえはいつもそう……おばばではない、弁天だ」

「うむうむ、そうであった、しかし、弁天おばば、この御仁《ごじん》は人を見下すようなお人ではない。のう、真木殿」

顔を向けられて、登一郎は頷く。

「う、うむ、さよう……人に上下はない、と師に教えられた」

「師たぁ、どこの師だね」

ずいと近寄る弁天に、登一郎は身を反《そ》らす。

「それは、その、お釈迦《しやか》様だ」

「ほう」おばばの目が和《やわ》らぐ。

「そうかね、お釈迦様の教えを知っとるか……それならば住んでもよかろう」

「さようか、それはありがたい」

登一郎は引きつりつつ、笑ってみせる。

「さ、あちらだ」

清兵衛が歩き出す。

横に並んだ登一郎が眉を寄せて振り向くのを見て、清兵衛は笑みを浮かべた。

「案ずることはない、ああ見えても性根《しようね》は悪くない」

「う、うむ」

登一郎は気を取り直して、前を向いた。

五

一月下旬。

登一郎は家人の前に端座《たんざ》した。

向かいには妻の照代、長男の林太郎が並ぶ。そこから少し下がって、次男の真二郎《しんじろう》、三男の長明《ながあき》が並んでいる。長男と次男のあいだに娘がいるが、すでに他家に嫁《か》していた。

登一郎は皆の顔を順に見た。皆、顔を上げ、平然としている。

林太郎のやつめ、胸に留めておけと言うたのに、話したな……。

そう思いつつ、顔を見ると、長男は目を伏せた。

登一郎は、手にした書状を掲げた。

「わたしは隠居をして、林太郎に家督を譲ることにした。御公儀からのお許しも得た」

病のため、という願い出はあっさりと許されていた。

「隠居をしたゆえ、わたしは下《しも》屋敷に移る」

「えっ」

皆の声が揃う。

「下屋敷など、真木家には……」

林太郎の声に、真二郎が続ける。

「あ、実はあったのですか」

「いいや」登一郎は首を振った。

「町家を借りたのだ」

「町家……」照代が眉を寄せた。

「では、旦那様は屋敷を出て、町でお暮らしになるということですか」

その眉根が揺れている。

「うむ、そうだ。屋敷に閉じこもっていても、益はないからな」

夫のうなずきに、妻の目元までも揺れた。その口元に力が入り、笑《え》みが浮かびそうになるのを堪《こら》えているのがわかった。

なんと、と登一郎は腹の底で思う。うれしそうではないか……。

「病のため、下屋敷にて養生、ということにすれば障《さわ》りはない」

「病とは……真に中風なのですか」

　真二郎が口を開く。

「いいや、あれは医官の誤り、わたしの病は気鬱《きうつ》だ」

「気鬱」

　長明がまさか、という目で父の顔を見る。

「うむ」父は頷いた。

「長い役人務めで気がすり減ったのだ」

「はあ、それで乱心なさったのですか」

　三男の真顔に、登一郎は笑いそうになるのを堪えた。

「うむ、乱心は誤りとはいえぬな。まあ、そういうことにしておく、ということだ。人に訊かれたら、そう答えておくがよい」

「はい」

　長男が背筋を伸ばす。

　ふうむ、と、改めて林太郎を見た。

　すでに腹は据《す》わったようで、眼も揺らぎがない。その口から声が上がった。

「そうとなれば、わたしが精進いたしますゆえ、父上はごゆるりと養生なさってください」

林太郎は幼い頃から嫡男《ちゃくなん》として厳しく育てたため、芯《しん》がしっかりとしている。「なれば」真二郎が進み出て、兄と並んだ。

「わたしも兄上を支えますゆえ、ご安心ください」

顔を上げて、頷く。

ふうむ、と、登一郎は真二郎を見た。嫡男に何かあったときのためにと、次男も厳しくしつけてきたため、長男に負けずしっかりとしている。

これならば、そのうちによい養子の口がくるだろう……。

元服《げんぷく》以降、真二郎が文武《ぶんぶ》により励むようになった姿を思い出す。家を継ぐ長男以外は、仕事も与えられない部屋住《へやず》みとなる。家を持つことも妻を得ることもできないまま、一生が終わることも少なくない。ために、他家に養子に入ることが、次男以下の望みとなる。真二郎がそのために励んでいることは、親の目に明らかだった。

「町家ですか」

長明は目元を弛《ゆる》めている。

「そのような道があったとは……」

そこに照代の小さな咳が鳴った。

「されば旦那様、中間《ちゅうげん》を一人……そうですね、佐平《さへい》がよいでしょう、連れて行かれるのがよいかと存じます」

「中間」

「はい、旦那様は煮炊きはおろか、お湯さえも沸かしたことがないかと。お一人でお暮らしになるなど、無理な話でございましょう」

む、と登一郎は口を噤《つぐ》んだ。確かに、そこまで考えていなかった……。

「そうだな、そういたそう。では、三日後に転宅いたすゆえ、佐平に荷造りを命じておけ。いや、家具はいらぬ、身の回りのものだけでよいぞ」

「承知いたしました」

照代が手をつく。

登一郎は立ち上がると、礼をする皆を横目に、部屋を出て行った。


三日後。

屋敷の裏門から荷車が出ようとしていた。

引く佐平を、登一郎が呼び止めた。

「なにゆえに裏から出る」

はあ、と佐平は止まらずに出て行く。

「奥方様と若殿様に言われましたので、人目につかぬように、と。あ、殿様は表から
お出ましくださいまし。先の辻で待ってますから」
「いいや」登一郎は憮然《ぶぜん》として荷車のあとについた。
「わたしもここから出る」
ふん、と不満に思う腹とは別に、一理《いちり》はある、と頭がささやく。すでに中風や乱心
などとの陰口が広まっているところに、余計な噂を加えたくないのだろう……。
荷車に積まれた風呂敷包みを手に取って、歩き出す。
その背中を、足音が追って来た。
「父上」長明が走って来る。
「なにゆえこちらから……表で待っていたのですよ」
「ふうむ、皆でか」
「え、いえ……林太郎兄上は登城の支度で、母上はその手伝いをしており……真二郎
兄上は、今日は道場の日だと……」
ふん、と登一郎は空を見る。
二月間近の空は春の霞《かすみ》がかかっている。
「わたしは転宅のお手伝いをします」長明が父に並ぶ。

「よいですか」

うむ、と父は三男の横顔を見た。

長明は幼い頃、身体が弱く、しょっちゅう腹痛《はらいた》を起こし、熱を出していた。医者が、大人にはなれぬかもしれない、と言ったため、厳しいしつけはしないままだった。

長明も荷車から一つ、荷物を取り上げた。

佐平が振り向いて、

「こらぁ、すみません」

と頭を下げる。

横に並んだ三男を、登一郎はちらりと見た。

「そなた、わたしの隠居のこと、いつ知った」

「はあ、数日前ですか……兄上達が話しているのを耳にしました。で、母上に聞きましたら、そうだ、と」

「ふうむ、そうか。母上はなにか言うておったか」

「いえ……ですが、その……」

「なんだ、言うてみよ」

「はあ、ご機嫌が悪く……少し前から、そうだったのですが」

　ふうむ、それはそうか、と登一郎は考える。いきなり役を辞しての隠居となれば、先行きの心配なども起きよう……。

「ですが」長明は言う。

「父上が町家に移ると言われてからは、ご機嫌がよくなりまして……」

「なんと」

　登一郎が目を剝《む》く。その頭の中がぐるぐると回った。

　そうか、では、隠居の話で機嫌が悪くなったのは、先行きの不安などでなく、わたしがずっと屋敷にいることになる、と思うてのことか……それゆえ、いなくなると知って機嫌がよくなった、と……。

　むっ、と登一郎は鼻に皺を寄せる。

　長明は肩をすくめた。

「母上は前から上野《うえの》のお山に行ってみたい、と言っておられましたから……一昨日も、いそいそと着物を広げておられました」

　む、と登一郎は口を曲げる。以前、上野に行きたいと一度言われたことがあったが、許さなかった。

「浅草《あさくさ》にも深川《ふかがわ》にも行って、お祭りが見られる、とわたしは道を訊かれました」

「そうか」

登一郎は鼻の皺を消した。そんなものを見たいと思っていたのか……。

長明は腕を広げる。

「いやぁ、町暮らしとは、よいですね。北町奉行の遠山《とおやま》様も、お若い頃は町で遊ばれたそうですね、それゆえに、世情に通じている、と」

「うむ、あのお方とは、いくどか話をしたことがあるが懐《ふところ》が深い。町人と交わったゆえに、世情や人情を解《かい》したのであろう」

遠山景元《かげもと》は通称の金四郎《きんしろう》で知られ、町人にも人気だ。遠山家では嫡男ではなかったこともあり、家を出て町暮らしをしていたことが知られている。が、家を継ぐことになったあとは才を買われて出世し、今は北町奉行に就いている。

登一郎は小さな咳を払った。真似をしたいわけではない……。だが、見聞《けんぶん》を広めるのはよいことだ……。

神田の道をいくども曲がり、細い道に入る。

「あそこを曲がる」

のっぴき横丁が見えてきていた。

第二章　名奉行金《きん》さん

一

二階の窓から、登一郎は身を乗り出して、横丁を眺める。
納豆《なっとう》売りや煮売り屋が、声を上げながら行き交っている。
そこに、向かいの平屋から幼い男児が出て来た。
戸口の前に立つと、じっと表の方向を見つめる。
「亀《かめ》ちゃん」
家の中から女が出て来た。幼子の横にしゃがむと、頭を撫で始めた。
ほう、と登一郎はそれを見つめる。子を預かるのを生業としている、というのは、
あの女だな……。

上からで顔は見えないが、やさしげな声が聞こえてきた。女はお縁《えん》という名だと、清兵衛から聞いていた。

「さ、おうちに入ろう、おまんまいっぱい食べて元気にしてなけりゃ、おっかさんが迎えに来たときに、あたしが怒られちまう」

ね、と手を引かれ、子は中へと戻って行く。

その道に、角を曲がって男が駆け込んで来た。木箱を大事そうに抱え、登一郎の真下を通り、左隣で止まった。

「作次《さくじ》さん、いるかい」

隣も平屋だ。戸が開いて、若い男が現れた。

「おう、上州屋《じょうしゅうや》さんでしたか」

「ああ、いた、よかった。これ、頼むよ、錠前が壊れちまったようで開かないんだ。大事な証文が入っているんだよ」

「へい、そんなら、中へ」

作次に招かれ、客は入って行く。

ほほう、錠前屋は若いのだな……。首を伸ばす登一郎に、声が飛んできた。

「殿様、朝餉の支度ができました」

登一郎は眉を寄せて、後ろに立った佐平を振り返る。

「これ、ここで殿と呼んではいかん」

「ああ、そういや、もう殿様じゃなくて、大殿様でしたね」

「いや、それもいかん、隠居だ、隠居」

「はあ、そうでした。そいじゃご隠居様、朝ご飯、できてますよ」

うむ、と佐平に続いて下へと降りて行く。

据えられた膳には、椀や小鉢が並んでいる。

湯気の立つ汁椀を口に運んで、登一郎は目を細めた。

「ほう、納豆汁か、佐平が作ったのか」

「ああ、それは湯を注ぐだけです。刻んだ納豆と葱《ねぎ》を味噌で丸めたやつを、売りに来るんで」

「ああ、納豆売りが通って行ったな。ふむ、これは……」

小鉢を手にして、煮豆を箸でつまむ。

「これは五目豆《ごもくまめ》か、よい味だ」

「はい、それは若い煮売り屋から買いました。そっちのなめ味噌も、たくわんも、みんな売りに来たんです。ここはいろんな出商《であきな》いが来るんで、重宝《ちょうほう》します」

「ほう、なれば男所帯《おとこじょたい》でも不自由はないのだな」

「さいですね、神田は男の独りもんが多いんで、それを見込んだ商いも多いんでしょうよ」

ふうむ、と頷いて、登一郎は白飯になめ味噌を載せて口に運ぶ。

「あ、ですが」佐平が顔を振る。

「ご飯はあたしが炊いたんですよ、殿、いえご隠居はご飯は炊けないでしょう」

ふむ、と登一郎は、笑いを浮かべた。

「考えたことがわかったか」

「そらもう……これなら、佐平はいらぬ、と顔に出てましたよ。けど、暮らしで大事なのはご飯だけじゃありません、洗濯だって掃除だってしなけりゃならないんですからね」

胸を張る佐平に、登一郎は頷く。

「ああ、わかった、そなたが頼りだ」

へい、と佐平も笑顔になる。

「あたしは台所仕事は得意ですからねえ、まかせてください。こう見えて、針仕事だってできるんですよ」

にこにことした顔で、台所へと立つ。

「お茶を淹《い》れましょう」

「うむ、頼む」

登一郎は頷いて、五目豆を口に運ぶ。町暮らしは便利なものだ、それに面白そうではないか……。


外へと出た登一郎は、胸を広げて空を見上げた。

「おはようございます」

横から声がかかる。永尾清兵衛だ。

「荷物は片付きましたかな」

「ええ」登一郎は寄って行く。

「身の回りの物だけなので、簡単に。これから易をなされるのか」

「いや、あれは天気がよい日に興が乗ったときだけのこと」

清兵衛は軒下に下げられた〈よろず相談〉の木札を外す。

「座ってばかりだと、足腰によくありませんからな、今日はどちらも非番です。亀戸《かめいど》に梅を見に行こうと思い立ちまして」

ほう、と登一郎は、非番という言葉を胸で反芻《はんすう》した。

「永尾殿は元はどこぞに士官をされておられたのか」

清兵衛は、あ、と眉を寄せて顔を寄せると、ささやいた。

「言い忘れてました。ここでは、人に昔を問うことは厳禁。それぞれに、いろいろがありますから」

「う、うむ、あいわかった」

身を反《そ》らす登一郎に、清兵衛は首を伸ばす。

「留守にする際には、内から心張り棒をかけて、裏口から出られるとよい。裏には井戸かごみ捨て場の路地を通るしかないから、滅多に人は来ません」

「ふむ、わかった」

頷く登一郎に目顔を返すと、清兵衛は「では」と家に入って行った。心張り棒をかける音がする。

登一郎は歩き出した。

清兵衛の隣からは、算盤の音が聞こえてくる。

ここが金貸しか……。

その隣、弁天の家からはなにやら鐘を叩く音が漏れてくる。

次の登一郎の家からは、佐平の鼻歌が聞こえてきた。

錠前屋の家からは、金具を打つ音が鳴っている。

その家と隣のあいだには路地があり、ごみ捨ての大きな箱がある。

次の家が端で、横丁の終わりだ。登一郎はその二階屋を見上げた。

ここは龍庵とかいう医者の家だったな……あの客はどうなったのだろう……。

思いつつ踵《きびす》を返して、向かい側を見た。

端の家は間口の広い二階屋だ。

ここが一番大きいのだな……。見上げていると、戸が開いて男が出て来た。

脇に抱えた窓枠を下ろしながら、登一郎を見た。

「おはようございます、新しく移ってこられたお方ですね、清兵衛さんから聞いてやすよ」

「うむ、真木登一郎と申す」

「さいで、あっしは末吉《すえきち》といいやす、お見知りおきを」

にこりと笑う。

愛想のいい男だな……。登一郎も口元を弛めた。

「よろしく頼む」

歩き出しながら、登一郎は横に伸びる路地を見た。そこには井戸がある。

次の家はしんとしていた。役人が来たとき、窓から若夫婦が覗いていた家だ。ここも二階屋か……。

見上げた顔を戻すと、おや、と目を向けた。

永尾清兵衛の家の前に、男が二人、立っている。足下には駕籠も置いてある。二人の脚には入れ墨が彫られており、ひと目で駕籠かきとわかった。駕籠かきは入れ墨自慢が多い。

なんだ、駕籠を頼んでいたのか……。登一郎は足を速めた。

戸の前で顔を見合わせている男二人に、登一郎は声をかけた。

「そこは出かけて留守にしておるぞ」

「留守」

色の黒い男がこちらを見た。

「うむ、駕籠を頼まれていたのか」

「ああ、いや」もう一人の男が首を振る。

「のっぴき横丁の清兵衛さんの家ってえのは、ここでいいんですかい」

「うむ、間違いない。しかし、今日は亀戸に行くと言って出かけてしまった」

「亀戸か」

　男達は顔を見合わせる。

「梅屋敷《うめやしき》かな、したら、戻りは遅くなりそうだな」

　大川《おおかわ》（隅田川《すみだがわ》）を渡った本所《ほんじょ》のさらに東にある亀戸には、梅の名所がある。登一郎は行ったことはないが、遠そうだと見当はついていた。

「相談に参ったのか、急ぎか」

　登一郎が問うと、色黒の男は首を振った。

「へえ、いや、急ぎってこたぁねえんですけど」

「いや、急ぎっちゃ急ぎだぜ、からっけつなんだからよ。きちんと払ってもらわねえと、干上がっちまう」

　連れの早口に、ふうむ、と登一郎は腕を組んだ。

「金払いの相談か」

「へえ、うちの親方がどうにも腹が黒くて……」

　男は口をとがらせる。

　腹黒い、とはどのような男なのか、と登一郎は口がうずうずとしてくる。が、開きかけた口を遮《さえぎ》るように、男が肩をすくめた。

「ま、留守じゃしょうがねえな」

置いてある駕籠に手を伸ばすと、相方も頷いた。

「おう、出直そうぜ」

二人は駕籠を担ぎ上げた。

「どうも、お邪魔しやした」

登一郎に頭を下げると、そらよっ、と歩き出した。

「そなたらのこと、伝えておくぞ」

その背中に言うと、二人は小さく振り返って会釈《えしゃく》をした。足音がすぐに遠ざかって行った。

二

二階の窓辺に座っていた登一郎は書物を膝に下ろして、窓を開けた。

外は黄昏《たそがれ》の薄闇が広がり始めている。

夕暮れになってから、登一郎は何度も窓を開けていた。清兵衛が戻ったら、来た客のことを告げるつもりだった。

まだか、と窓を閉め、登一郎は書物を手に取った。が、薄暗さで読みにくい。目を眇《すが》めていると、外から声が聞こえてきた。

「清兵衛」

と、呼びかける声だ。

窓を開け、首を覗かせた登一郎は、あっと声を上げて立ち上がった。

その足で階段を駆け下り、外へと飛び出していく。

「遠山殿」

駆け寄る登一郎に、相手は目を丸くした。

「え……真木殿……」遠山金四郎が足を踏み出す。

「や、なにゆえに、このような所に……」

はい、と登一郎は出て来た家を指でさす。

「あの家を借りました。隠居したので、ここで暮らすことに」

「ほう、なんと」金四郎は家と登一郎を見比べる。

「いや、隠居のことは聞いていたが、まさか、町暮らしを始めたとは……」

はい、と登一郎は笑みを見せる。

「家出をしました、隠居しての屋敷暮らしは退屈かと思い」

「家出か」と、金四郎も笑う。

「昔のわたしと同じだな」

目が合って、さらに笑みが深まった。

あ、と登一郎は笑みを納める。

「永尾殿は留守ですぞ、亀戸に行くと言うて出て行かれて」

「亀戸か、なれば本所辺りで引っかかって、今日は戻らぬかもしれんな」

苦笑する金四郎に、登一郎は手を上げた。

「よろしければ、我が家にお寄りくだされ、茶など、いや酒でもどうです」

歩き出す登一郎に、金四郎もついて行く。

「おうい、佐平」登一郎は声を投げる。

「酒と肴《さかな》を買うてきてくれ。酒は大徳利《おおどつくり》でな」

金四郎は酒好きで知られている。

へい、と佐平は金四郎に会釈をすると、出て行った。

「ささ、どうぞ、狭苦しい所ですが」

登一郎の手招きに、金四郎は座敷にくつろいだ。

「いや」金四郎は家の中を見まわして目で笑う。

「昔、わたしが暮らしていた家など、この半分もなかった」

その金四郎に、登一郎は小声で問う。

「あ、では、清兵衛殿とは、その頃の知己《ちき》ですか」

「うむ、そうなのだ、清兵衛とは浅草で知り合うて弟分のようになって、あちこち、ともに遊び歩いたものだった」

金四郎は清兵衛と登一郎よりも三歳年上だ。

「ほほう、さようで」

「ゆえに」金四郎は苦笑する。

「ときおり、話がしたくなって、こうして訪ねるというわけだ」

なるほど、と登一郎は得心する。役人同士では言えぬことでも、気安く話せるのかもしれない……。

金四郎は小さく眉を寄せた。

「しかし、真木殿のこたびの進退には仰天《ぎょうてん》しましたぞ。跡部殿や水野様にもの申したと聞いたときにも驚いたが、隠居とは、ずいぶんと思い切ったことをなされたものだ。ゆくゆくは町奉行にも、と噂されていたというのに」

「ああ、まあ……それは吹っ切れたので、このような仕儀《しぎ》となったのです。水野様に与《くみ》することができなければ、出世の道もないでしょうし、いや、すでに左遷されそうになったわけでして」

ふうむ、と金四郎は顎を撫でる。

「まあ、確かに、下手をすると矢部《やべ》殿の二の舞になりかねない」

登一郎は頷く。

「矢部殿はいかがされているのでしょう」

矢部定謙《さだのり》は南町奉行だった。

去年の八月に任じられ、北町の金四郎とは相役として意を合わせていた。もともと、水野忠邦の政には異を唱えることが多く、同じ立場の遠山金四郎とは自然、手を携《たずさ》えるようになっていたのだ。

しかし、十二月の二十一日。

矢部定謙は突然、差し控えを命じられた。罷免だ。そして、二十八日、鳥居耀蔵がその空席に就き、南町奉行となっていた。

「実は」金四郎は神妙な顔になった。

「わたしも矢部殿の評定《ひょうじょう》に加えられたのだ」

「なんと」

登一郎は眉間《みけん》を狭める。

武士の裁きを行う評定は、町奉行や勘定奉行、寺社奉行や目付、場合によっては老中も加わって行われる。

「鳥居殿も監察役《かんさつやく》として加わっている。まあ、なにしろ、矢部殿を訴えた当人だからな。水野様もだ」

「いや、それでは矢部殿にとって不利……」

登一郎も顔をしかめる。そこに戸が開いて、佐平が入って来た。

「いい酒がありました、今、支度しますんで」

「うむ、頼む」

頷く登一郎の横を、佐平は両手に徳利や包みなどを抱えて、台所へと急ぐ。

金四郎は身を乗り出すと、声をひそめた。

「わたしは矢部殿の側に立って擁護《ようご》しているのだが、なかなかに手強《てごわ》くてな」

ううむ、と登一郎は腕を組む。

矢部定謙が罷免されたのは、前任の南町奉行筒井政憲《つついまさのり》の失態が原因だった。飢饉《ききん》のために御救《すく》い米《まい》を配ることになり、筒井は与力の仁杉五郎左衛門《ひとすぎごろうざえもん》に米の買い付けを命じたが、その際、余分な出費が生《しょう》じたため、帳簿の上でつくろったのだ。

矢部定謙はそのとき勘定奉行であったため、そのことを知っていた。が、矢部が南町奉行に就いた折、そのことは不問にしたのだ。帳簿上のつくろいは役所では珍しいことではない。

しかし、鳥居耀蔵はそのことを持ち出し、矢部の罷免を申し立てた。矢部をよく思っていなかった水野忠邦も、それに乗った。

登一郎はつぶやく。

「矢部殿は水野様の御政道に異を唱えたため、排されたのでしょうな」

言いながら金四郎の顔をそっと見る。

金四郎も老中首座の水野忠邦には、かねてから反対の立場を取っていた。

水野が町人に対して次々と禁令を下すなかで、金四郎はそれに対して伺書《うかがいしょ》を出して己の意を述べた。武家に対してはおかまいなしであるのに、町人にだけ奢侈を禁じるのはいかが、というものだった。が、それは取り上げられず、禁令は発せられた。

禁令の多くは、鳥居耀蔵の提案によるものだった。

五月、女義太夫は禁止され、それを見せる寄席《よせ》も廃止となった。

金四郎は町人が仕事を失うことと娯楽をなくすことを案じて異を唱えたが、それも取り上げられずに、女義太夫は皆、捕縛《ほばく》された。

八月、矢部定謙が南町奉行となり、厳しい法令に異を唱えた。水野の考えに、真っ向から反対することも辞さなかった。

登一郎は矢部の顔を思い出し、そこに鳥居耀蔵の顔を重ねた。

鳥居にとっては、矢部定謙も遠山金四郎も邪魔者だったに違いない。

しかし、遠山金四郎は町人の人気があった。特に、芝居小屋の廃止を止めたことで、人気はさらに高まった。

去年の冬、鳥居が芝居小屋をすべて廃止せよと言い出したのに、金四郎は浅草に移転させることで、廃止を食い止めたのだ。芝居小屋の人々のみならず、芝居好きの町人もそれに喝采《かっさい》を上げた。

そうなれば、と登一郎は思う。遠山殿を罷免すれば、町人の反発を買う。だが、反対する者は排したいから、矢部殿、となったのであろう……。

「それにな」金四郎も腕を組んだ。

「あのことも大きいだろう」

ああ、と登一郎は目顔で頷く。矢部が水野に抗《こう》した大きな一件があった。

「お待たせしました」

そこに佐平が膳を運んで来た。

燗《かん》をつけた酒の匂いが立ち上る。

「まあ、やりましょう」

登一郎が注ぐ酒を、金四郎が受ける。

ぐい呑みを傾けて、二人は目を細めた。

膳には、海老《えび》の天ぷらが山になった皿と蛤《はまぐり》の時雨煮《しぐれに》の小鉢も置かれている。

「しかし」登一郎は眉をひそめる。

「矢部殿は抗することができるのでしょうか」

ううむ、と金四郎も眉を寄せる。

「なにしろあの鳥居耀蔵に跡部大膳も加わっているからな、さらにその上に立つのは老中首座……厳しいのは確かだ」

「ううむ」登一郎は天井を仰いだ。

「あの妖怪《ようかい》め」

鳥居耀蔵は官位が甲斐守《かいのかみ》であることから、町人らはもじって妖怪と呼んでいる。

「まったく、ここまでするとは……」

金四郎も首を振る。

手酌で杯を重ねながら、登一郎は口を歪めた。

「遠山殿も難儀《なんぎ》なお役目ですな。あの妖怪、矢部殿の件で腹の黒さが改めてわかりました。遠山殿を評定に加えたのも、逆らえばこうなる、という見せしめのつもりかもしれませんぞ」

うむ、と金四郎は登一郎を見る。

「そうやもしれん。水野様配下では、自分が一番、と示したいのであろう」

鳥居耀蔵と跡部大膳だけでなく、遠山金四郎と矢部定謙も、もとは水野忠邦が力を持った折に、有能さを買って集めた者だった。が、矢部と金四郎が意のままにならないことに、水野は苛立っていた。

金四郎は苦笑を向けた。

「真木殿が隠居をしたのは、賢明だったかもしれんな」

ええ、と登一郎は頷く。

「これでよかったと、思うています」

ぐいと酒をあおると、登一郎は海老の天ぷらを口に運んだ。

金四郎も蛤を箸でつまむ。

佐平が新たに燗をつけた酒を、盆に載せて運んで来た。

三

二日酔いの頭を振りながら、登一郎は手拭いを手にして家を出た。江戸の湯屋《ゆうや》は朝早くからやっている。

ちらりと清兵衛の家に目を向けるが、軒下の木札は外されたままだった。戸を閉めて踏み出した登一郎の前に、向かいから子供が飛び出して来た。

表に向いてしゃがむと、膝を抱え込む。

「まあまあ」お縁が追って出て来る。

「寒いから、おうちに入りなさいな」

手を伸ばすが、子は首を振って動こうとしない。

「母を待っているのか」

登一郎は子を覗き込んだ。

ええ、と返したのはお縁だった。

「この子のおっかさんは、小石川《こいしかわ》の養生所に入ってるんですよ。いえ、たいしたことはなくて、もうすぐ戻って来るはずなんです」

子に言い聞かせるように言う。

そこに二軒隣の戸が開いて、男が出て来た。

口利《くちき》き屋の利八《りはち》と、登一郎は家移りの日に引き合わされていた。少し年下、四十過ぎくらいか、と感じていた。

「おう、亀吉《かめきち》、また出てるのか」

利八は子の頭を撫でると、お縁にささやいた。

「なんなら、養子の口利きをするぜ」

お縁は「いいえ」と首を振る。

「おあきさんは、きっと戻って来ますから」

登一郎は、なるほど、と腹でつぶやいた。養子などの口利きもするのか……。

「この子」登一郎は小声でお縁に問う。

「父親はおらぬのか」

ああ、とお縁は眉をひそめ、子に聞こえぬようにささやいた。

「そのおとっつぁんが飲んでは手を上げるわ蹴るわで、母親は亀ちゃんを連れて逃げ出したそうです」

「ううむ、そういうことか」

「ええ、それで逃げた長屋で洗濯仕事を始めたそうで、ちょうど冬でしたからねえ、冷えと疲れで身体を壊しちまったらしいんですよ」

お縁は亀吉を見下ろす。

その後ろで、また戸の開く音が鳴った。

お縁の家の隣から、若夫婦の新吉《しんきち》とおみねが出て来る。

「よう」利八が男の腕を見た。

「新吉っつぁん、新しい暦《こよみ》ができたのかい」

「はいよ」

新吉は腕に載せた紙の束から一枚を取って、利八に差し出した。

「二月の暦だ」

もう一枚を、お縁に渡す。

ほう、暦売りなのか、と登一郎は木版《もくはん》で刷られた暦を覗き見る。月日と大安《たいあん》、友引《ともびき》などを示す六曜《ろくよう》、二十四節気《にじゆうしせつき》や日の吉凶《きつきよう》を表す二十八宿《にじゆうはつしゆく》など、さまざまなことが記され、ところどころには絵も添えられている。

登一郎も手を上げかけるが、新吉はそれからふい、と顔を逸《そ》らし、独りですたすたと横丁を出て行った。上げかけた手を下ろして、登一郎は肩をすくめた。

残った女房のおみねも、登一郎とは顔を合わせずに、亀吉の横にしゃがんだ。

「そら、亀坊、これをあげるよ」

そう言って、手にしていた紙を広げる。

「金太郎《きんたろう》が熊と相撲をとって投げ飛ばしちまうんだよ」

亀吉とともに、登一郎も覗き込む。

たくましい金太郎が、大きな熊を転がしている絵が描かれている。

亀吉が絵を手にして、笑顔になった。

登一郎はおみねを見る。

「うまいものだ、その絵はおみねさんが描いたのか」

おみねは「ええ」とだけつぶやいて、顔を逸らす。

どうにも、と登一郎はそっと溜息を吐《つ》いた。疎《うと》まれているようだな……。

おみねも利八も、背を向けるとそれぞれの家に戻って行った。

「さ、金太郎の話をしてあげよう」

お縁も亀吉を立たせると、家に入った。

しかたない、新参者はどこでも警戒されるものだ……。登一郎は手拭いを肩に載せると、歩き出した。

湯屋から戻って来た登一郎は、横丁の入り口で、おっ、と足を止めた。清兵衛の家の軒下に〈よろず相談〉の木札がぶら下がっている。

「清兵衛殿、戻られたか」

大声に、すぐに戸が開き、清兵衛が目を見開いた。

「誰かと思えば、真木殿であったか」

あっ、と登一郎は首を掻いた。

「これは失敬《しっけい》、皆が清兵衛さんと呼ぶので、ついわたしも清兵衛殿と……」

「いや、それはかまわぬが、なにか用がおありだったか」

「うむ、実は昨日……ああ、順に話そう、清兵衛殿が出て行ってから相談の客が来たのだ。駕籠かきの若い者二人で、なにやら親方というのが、給金を渋っているらしい」

「ほう」清兵衛は苦笑する。

「話も聞いてくださったのか」

「いや、つい……それと、夕刻のことだが、遠山金四郎殿が訪ねて見えた」

「金さんが」清兵衛が真顔になる。

「それは申し訳ないことをした」

金さんと呼ぶのか……。そう思いつつ、登一郎は小声になった。

「いや、で、せっかくなので、わたしの家に上がってもらったのだ」

ほう、と清兵衛は戸を大きく開けた。

「まあ、よければお上がりを」

招き入れられて、登一郎は上がり込む。

清兵衛は、大きな茶碗に番茶を注いだ。

「どうぞ、今、わたしも飲んでいたところで」

ほう、と登一郎は手に取って覗き込む。茶の底に梅干《うめぼし》が沈んでいる。茶の湯気に梅の匂いが混じって、爽《さわ》やかだ。

清兵衛は、ずっ、とすすりながら、苦笑した。

「夕べは本所の友の所に泊まって、すっかり飲んでしまったゆえ、これです。酒を消すには、もってこいでして」

ほほう、と登一郎も茶をすする。

「わたしも遠山殿と酌み交わし、深酒となり……うむ、これはよい」

うむ、清兵衛は上目《うわめ》で見た。

「真木殿は金さんと長いつきあいですかな」

「いや、二人で酌み交わしたのは初めてのこと」登一郎は首を振る。

「以前、わたしが作事奉行になったおり、前に作事奉行を務めておられた遠山殿に心構えなどを訊いたことがありましてな、それ以来、話をするようになった、という次第で」

「なるほど、真木殿は作事奉行であったか。なれば、ゆくゆくは勘定奉行や町奉行になれたであろうに」

清兵衛の言葉に、登一郎は苦《にが》く笑う。

「まあ、それを自ら閉ざしたようなもので」

ああ、と清兵衛は笑い出す。

「そうか、老中首座に楯突いたのでしたな。いや、されば金さんと馬が合うのも当然のこと」

ははは、と笑う。

登一郎は膝で進むと、間合いを詰めた。

「清兵衛殿は、遠山殿と長いつきあいのようですな」

「ふむ、そうですな、知り合ったのは互いに十代の頃でしたから、もうずいぶん長いつきあいですな。矢場《やば》に行ったり、船に乗ったり、岡場所に上がったりと、よく遊び歩いたものです」

「ほう、遠山殿も町家暮らしをしていたと聞いているが」

「さよう、小さな家を借りていた。家出をしたと言うていたが、あとで親父殿も許したようですな。なにしろややこしい家だったようで」

うむ、と登一郎は以前、旗本仲間から聞いた話を思い出していた。

金四郎の父景晋《かげみち》は、跡継ぎのいない遠山家に四歳で養子に入ったものの、その三年後に遠山家に実の男児が生まれた。しかし、すでに景晋を嫡男として届け出ていたため、そのまま跡継ぎとして養育された。

登一郎は天井を仰ぐ。

「お父上の景晋殿の評判は、若い頃に聞かされたものだ。学問に励み、昌平坂学問所《しょうへいざかがくもんじょ》の学問吟味《ぎんみ》で最優秀となったお人だ、と。見習え、と父から言われたものだった」

「ほほう、さようか、出世なすった、というのはわたしも聞き及んでいるが」

「うむ、養子に入った遠山家は、知行《ちぎょう》五百石の旗本で、出世とは縁のない家だったそうだ。だが、景晋殿はその才と努力で、小姓組から徒頭《かちがしら》、目付と出世し、長崎奉行から作事奉行、さらに勘定奉行にまで上り詰めたそうだ」

なるほど、と清兵衛は目を眇める。

「いや、努力も大事であろうが、才がなければそこまではいけぬ。金さんは親父殿の才を受け継いでいるのだな」

「うむ、わたしもそう思う。しかし、遠山殿は生まれた当初、嫡男として扱われなかったそうだ。遠山家の養父に実子の景善《かげよし》殿が生まれたゆえに」

「おう、そのあたりのことは、わたしは詳しく知らぬのだ」

清兵衛は身を乗り出した。

「なんでも、お父上の景晋殿は、生まれた金さんを差し置いて、その景善殿とやらを養子としたとか」

「うむ、遠山家の血筋を尊重したのであろう、お父上は金四郎殿が生まれても、御公儀に届け出を出さなかったそうだ」

「ふうむ、そこだな。生まれたのに、ないことのように扱われては、腹がねじれてもしかたあるまい」

いや、と登一郎は苦笑した。

「それは赤子のときのこと。金四郎殿が生まれてから一年ほど経った頃、お父上は景善殿を養子の嫡男として届け出て、そのあとに金四郎殿の出生届を出したそうだ」

　ああ、と清兵衛は膝を打った。

「それゆえか……いや、これは遊び仲間に聞いたことだが、金さんは十六の年に元服して、親父殿の名を継いで金四郎を名乗ったそうだ。しかし、本当はもう十七なのに、と金さんはこぼしていたらしい」

「ほほう、そのようなことが……確かに、一年遅く届けを出されたせいで、すべてが一年遅れとなれば、へそを曲げたくもなりましょうな」

「しかし」清兵衛は腕を組む。

「結句《けっく》、金さんが跡継ぎになったのは、その景善殿が金さんを養子としたからであろう。そこがますますややこしい」

「うむ、それは景善殿が恩義を感じたせいであろう。出世とは無縁だった遠山家を立派に盛り立てたのは景晋殿なのだから、その子に家を継がせるのが筋、と考えたのであろう。景善殿にも男児がいたのに、その子は他家に養子に出したと聞いている」

「ううむ、なんとも義理堅いお人らだ。それゆえ、金さんも遠山家を継ぐことにしたのであったか」

「ふむ、それに、景善殿はまだ景晋殿がご存命のときに、亡くなられたのだ。金四郎殿はお父上の孫という立場になっていたが、正統な跡継ぎとなった。まあ、そのときすでに三十三歳になられていたそうだが」

ううむ、と清兵衛は首を振った。

「わかりにくい話だ、家出したくもなろう」

「しかり……だが、遠山殿は町暮らしをしたおかげで、世のことにも人のことにも通じるようになったのだから、家出も無駄ではなかった、ということだ」

我がことのように胸を張る登一郎に、清兵衛は「なるほど」とつぶやき、にやりと笑って見せた。

「あ、いやそれに倣《なら》おうとしたわけではないが」

登一郎は小さく咳を払って、番茶を飲み干した。

四

朝の膳をすませた登一郎が、茶をすすった。と、その顔を佐平に向ける。

「これは煎茶《せんちゃ》だな」

「はい、さようで」

台所から振り返る佐平に、

「次に買うのは番茶でよい」と登一郎が茶碗を掲げた。

「それと、梅干はあるか」

「いんえ、梅干、お好きでしたかね」

「好きになったのだ、買っておいてくれ」

そう答えながら、おや、と登一郎は耳を立てた。

なにやら、シャンシャンという音が聞こえてくる。

隣か、あの老婆だな……。壁際に寄って行くと、耳を澄ませた。

薄い板壁を通して、弁天の声が聞こえてきた。

「それじゃ、願いを言ってみなされ」

「はい」男の声が答える。

「兄を呪い殺してほしいんです」

なに、と登一郎は壁に耳を寄せた。

「殺すとなると、三十両じゃぞ、払えるのか」

弁天の言葉に、

「え、さ、さん……」男の声が詰まる。

「あ、そんなら、病でいい、病になって仕事ができなくなれば、別に死ななくてもかまわないんで。それだと、いくらです」

「寝込むほどの病となると、十両じゃな」

登一郎は唾を呑み込む。なんと、いかがわしいとは思うていたが、とんでもない老婆だ……。

「それにじゃ」しわがれた声が続ける。

「殺すだの病だのというのは、必ず叶うとは限らん。相手も拝み屋を頼んでいるかもしれんし、神仏に祈ってるかもしれんからな。そうなると、こちらとの力の比べ合いじゃ。わしが負ければそれで終わり、下手をすればこっちの命を取られる。じゃから、もしも叶わずとも金は返さん、よいかな」

なんと、と登一郎は眉をひそめる。やはりインチキなのだな、ゆえに逃げ道を作っておく、と、ずる賢いことだ……。

男の声はしばし途絶え、思い切ったようにまた上がった。

「かまいません、じゃ、病でお願いします。二度と起き上がれないような、病にしてください」

「そうか、わかった。なら、白龍《はくりゅう》様にお願いしてやろう。おまえさんの名と兄さんの名をここに書きなされ」

ほう、と登一郎は壁に耳をつける。読み書きはできるのだな……。

「で」弁天の声が低くなった。

「おまえさんはどうして、そこまで兄さんを憎むんじゃ、わけを話してみろ」

「はあ、それは……うちはそこそこのお店《たな》でして、兄は長男、あたしは三男、あ、あいだにもう一人いたんですけど、小さい頃に流行病《はやりやまい》で……あとは姉と妹で」

「ふん、それで」

「それで、兄は跡継ぎとして子供の頃から大事にされて、それに比べると、あたしはまるで小僧のような扱いでした。兄の膳には鯵《あじ》だの鰆《さわら》だの、立派な魚が載るのに、あたしの膳にはいっつも目刺《めざ》しが三匹だけ……」

「ふん、姉や妹は」

「ああ、あたしと同じで……けど、女だから……」

「ふうん、で」

「着物だって、あたしは兄のお下がりばかりで、新しい着物なんざ、着たことがない、帯だってそうでさ」

「ふんふん、そいで」

「そいで、兄はおとっつぁんに大事にされているのをいいことに、威張《いば》り散らして、小さい頃から、なにか気にくわないことがあると、あたしのことを殴る、ときには蹴るってことまで……それも人の見ていない所でやるんで」

「ふん、おまえさんは、それをおとっつぁんに言ったのかい」

「言いました、けど、兄《あに》さんを叱ったことなんか、一度もありゃしない。兄はおとっつぁんの前ではいい顔するんでさ」

「ほう、それじゃ、おっかさんはどうなんだい」

「おっかさんは、少しはわかってくれたんですけど、おとっつぁんを怖がってるから、なんにも言ってくれやしません。それに、ゆくゆくは兄さんが主《あるじ》になるんだからって
……」

「ふん、それは道理じゃの。で、おまえさんはすっかり兄さんが憎くなったんじゃな」

「それはもう、昔っからで。けど、もう堪忍《かんにん》できねえことが……去年、兄は嫁をとったんでさ、その嫁までも、あたしをまるで奉公人みてえに使いやがるんで」

「ふうん、そりゃ、家のやり方に馴染《なじ》んだんじゃろうな」

「けど」男の声が震えた。

「そのうち子が生まれたら、子まであたしを見下《くだ》すに決まってる」

「ほうほう」老婆が鈴を手にしたらしく、音が鳴った。

「ようわかった、それじゃ、おまえさんの言い分を白龍様にお伝えしてみよう、願いを聞いてくださるかどうか……おまえさんもそこで手を合わせて祈りなされ」

鈴の音がなった。続いて、声が上がる。

登一郎は耳をつけたまま、眉を寄せた。老婆の声は通るが、なにを言っているのかわからない。呪文《じゅもん》かなにかか……しかし、これで十両取るとは、このような者を野放しにしていてよいのか……町奉行所に知らせるか……。

「下《お》りた」

弁天の声が上がった。

「白龍様のお声が下《くだ》されたぞ」

少しの間が開いて、弁天の声が厳《おごそ》かになった。

「おまえさんは家を出なされ」

「えっ、そりゃ、どういう……」

「家を出て独り立ちして、小商《こあきな》いでも始めるんじゃ。その家にいるから、おまえさんはいやな思いをする。だから、その家を離れればいいんじゃ」

「へっ、けど……」

「人は口惜《くちお》しい思いをすると、それに気持ちが捕まってしまうんじゃ。なんとか晴らしたいと思うじゃろうが、相手のあることは、自分だけでどうにかできるものじゃあないわ。一番よい道は、そこから離れることじゃ」

男の声は聞こえてこない。

弁天の声が穏やかになった。

「人が生きる場所などいくらでもある。ここしかないという思い違いが、閉じ込める柵《さく》を作ってしまうんじゃ」

「はあ、なるほどね」

男のつぶやきが聞こえた。

なるほど、と登一郎も喉元でつぶやく。なんだ、このおばば、まっとうではないか……。

「そうか」男の声が高まる。

「そんな道があったのか、なんで気づかなかったんだろう。そうだよ、あの家を出りゃあいいんだ」

「二百文」

弁天の声が聞こえた。

「えっ」

「白龍様に取り次いだ値じゃ、おまえさんもこの先、入り用じゃろう、二百文にまけてやる」

「あ、へい……」

巾着《きんちゃく》を取り出しているのだな、と登一郎は察する。

「それじゃ、これで」男の声に笑いが混じる。

「文銭《もんせん》はそんなに持っちゃいないんで、これで釣りはいりません」

「ふん、そうかい、ならもらっておくよ」

いくら出したのだろう、と登一郎は壁に手をつく。

「ありがとさんでした」

男の声とともに、戸が開く音が立った。

「ご隠居」いつの間にか、佐平が横に立っていた。

「なにをしておいでで」

「ああ、いや」登一郎は壁に寄せていた身を戻して、咳を払う。

「横丁のことをよく知ろうと思うてな」

「はあ、さいで」

佐平は首をひねりながら、台所へと戻って行った。

五

中食《ちゅうじき》を終えた登一郎は、さて、と腕を組んだ。なにをしようか……。と、外から子供の泣き声が聞こえてきた。

亀坊か、とすぐさま戸を開けて、出て行く。

思ったとおり、大口を開けて泣いているのは亀吉だった。が、その身体は女に抱きしめられ、亀吉の腕も首にしがみついていた。

母親か……。登一郎が、二人を見下《お》ろしていると、向かいの戸から、お縁も出て来た。

「まあまあ、おあきさん、出て来られたんですね」

「ええ」

おあきは子を抱いたまま頷く。

亀吉は涙と鼻水にまみれた顔で泣き続けていた。

おあきは子の頭を撫でながら、お縁を見上げた。

「おかげさんで、もう大丈夫だって先生が……あの、亀吉を連れて帰ってもいいでしょうか」

「ええ、ええ、いいですとも」お縁は腰を曲げて、亀吉を撫《な》でる。

「よかったねえ、亀ちゃん」

おあきはゆっくりと立ち上がると、左右を見まわした。

「あの人、来ませんでしたか」

小声に、お縁も小声で返す。

「ええ、大丈夫、見つかってませんよ」

「ああ、よかった」おあきは面持ちを弛めたものの、それをすぐに引き締めた。

「あの、それと、すみません、預かり賃……払えるようになったら、少しずつ持って来ますんで」

「ああ、それは気にしないで、できたときでいいんですよ」

お縁の微笑みに、おあきは頭を下げる。

え、と登一郎は一歩、寄ってお縁を見た。大丈夫なのか、一人暮らしと見えるが、ほかに稼ぎがあるのか、それとも……。口がむずむずとするが、それを嚙みしめて閉じた。余計なことを問うてはいけない……。

「それじゃ」とおあきは深々と頭を下げた。

「また改めて」

亀吉の手を握る。が、お縁は小首をかしげた。

「大丈夫かしら、暗くなってからのほうがよかないかしら」

おあきの眉が寄る。

「けど、暗くなってから見つかるともっと怖いし、大川を渡っちまえば、平気だから」

登一郎は歩み寄る。

「どこへ帰るのだ」

え、とおあきが身を引く。

「深川、ですけど」

その目が、誰、と揺れている。不安げにお縁を見ると、

「ああ、心配はいらないわ。うちのお向かいさんよ」

お縁はにこりと笑《え》んで見せた。

「深川か、なればちと待っておれ」

登一郎は背を向けて家へ戻る。と、すぐに二本差しの姿で戻って来た。

「わたしもちょうど、本所のほうに行くところであったのだ、途中までともに参ろう。のう、亀吉」

亀吉は母の後ろに隠れる。

お縁はそっとおあきの背に触れた。

「ちょうどいいわ、お侍さんが一緒なら安心だもの、そうなさいな」

おあきは頷くと、登一郎に向かってぺこりと頭を下げた。

「うむ、なれば参ろう」

歩き出す登一郎に、親子も従った。

神田の町を歩きながら、登一郎はおあきを見た。

「見つかると怖い、というのは亭主のことか」

おあきは黙って頷く。

「ふうむ、難儀なことであったな」

「はい」今度は声が出た。

「あの人、仕事の仲間がいて、ときどき神田に来るんです」

「そうか、住んでいるわけではないのだな」

「ええ、住まいは湯島《ゆしま》なんです、そっから、あたしはこの子を連れて逃げ出して来て

「……」

「なるほど、それゆえに大川の向こうに行ったのか」

ええ、とおあきは頷く。

「あたしだけならともかく、この子にまで手を上げるようになったから」

ううむ、と登一郎は昔を思い返す。妻を殴ったことはない……しかし、長男と次男は何度か頭を叩いたことがあったな……。

「あたし、バカみたい」おあきがつぶやく。

「ちょっと男ぶりがよかったもんだから、岡惚《おかぼ》れしちまって……ほかの女にとられちゃいけない、なんて思って、急《せ》かして祝言《しゅうげん》あげたんですよ、ほんとに、バカ」

「ほう、そうであったか」

「けど、あたしわかりました」おあきは顔を上げる。

「男は見た目じゃないって。もう、二度とこんなバカはしない」

ふむ、と登一郎は凛《りん》とした横顔を見る。

「まあ、人を見る目というのも、少しずつ養われていくものだ。誰でも一度や二度、口惜しい思いをしたり、愚《おろ》かさを恥じたりしているはずだ」

「え、あたしだけじゃなくて」

顔を向けるおあきに、

「うむ、だけではないと思うぞ」

登一郎は頷く。

そっか、とおあきは腕を振った。

「この先は、しっかりします。困ったときには、お縁さんもいるし」

「うむ、頼れる人がいるのはよいことだ。お縁さんのことは、前から知っていたのか」

いいえ、とおあきは顔を振る。

「具合が悪くなったときに、長屋の差配さんが教えてくれたんです。神田ののっぴき横丁に子供を預かってくれる人がいるって」

「なるほど」

「神田に来るのは怖かったけど、ほかに頼れる人もないし……」

「ふうむ、だが、よかったのではないか、お縁さんにも横丁のお人にもかわいがられていたぞ。そうであろう、亀坊」

登一郎が覗き込むと、亀吉は二人を見上げた。

「うん、絵、描いてもらって、お話もしてもらった」

「おや、そうかい」

おあきは初めて笑顔になった。

「うん、金太郎は強いんだよ、おっかさん」

亀吉も笑う。母はその肩を抱き寄せた。

神田の道が終わり、三人は両国《りょうごく》の広小路《ひろこうじ》に出ていた。多くの店や屋台が並び、見世物芸人があちらこちらに立っている。

「これ」

亀吉の目が大きくなった。

飴細工《あめざいく》売りが飴を器用に馬の形にしていくのを見て、亀吉が駆け出そうとする。

おあきはその手を引く。

「だって、あれぇ」

肩を揺らす亀吉に、登一郎は思わず笑みを漏らす。

「どれ」

登一郎は馬の細工を買うと、「そら」と亀吉に渡した。

喜ぶ子の横で、おあきが恐縮する。

「すいません」

「なに、かまわぬ」

登一郎ははしゃぐ亀吉を見つつ、歩き出した。

こんなものがそれほどうれしいか、と笑みが続く。しかし、と笑みが消えた。うちの子らに買ってやったことがあったか……。思い浮かばないまま、足は橋を踏んだ。

両国橋を渡ると、そこは本所だ。

おあきはほっとした面持ちで川向こうを振り返り、その顔で登一郎を見上げた。

「ありがとうございました」

「なに、気をつけて参れ」

はい、と頭を下げると、母子は歩き出した。亀吉は一度振り向くと、飴細工を振った。

登一郎は頷いて見送る。と「さて」とつぶやいた。

どこへ行くか……。橋の上から、船の行き交う大川を眺めた。

六

昼前の神田を、登一郎は濡れた手拭いを振りながら歩く。

のっぴき横丁が見えて来ると、足を速めた。入り口に見台が出て、清兵衛が座っている。

「これは清兵衛殿、今日は店出しですな」

「おう、真木殿、湯屋からのお戻りか」

「うむ、朝湯というのがこれほどよいものだと、知らなかった。湯屋は湯船が広いし、上で茶菓《さか》など味わい、ゆっくりできるのもよい」

湯屋の二階は広い座敷になっており、茶や菓子などを注文することもできる。

はは、と清兵衛は笑う。

「まあ、この辺りの男衆は、さっとひと浴びして仕事に出るのが常。で、仕事終わりにまたひと浴び、と。あまりゆっくりする者はいませんがな」

「ふうむ、そういえば、のんびりしているのは武士や隠居ばかり……まあ、わたしはふさわしいわけだが」

ははは、と登一郎も笑う。と、その顔を横に向けた。

道を駕籠がやって来る。駕籠は空《から》だ。

あっと、登一郎は手を上げつつ、清兵衛を見た。

「あの駕籠屋だ、前に来たのは」

顔を戻して、「おうい」と手で招く。

お、と駕籠屋も気づいてやって来た。

「こりゃ、このあいだの旦那でしたか」

「うむ」登一郎は男らと清兵衛を交互に見る。

「そら、この御仁がよろず相談のお方だ」

「えっ」若い二人は顔を見合わせ、横に振った。

「いや、あっしらは占いをしてもらいたいわけじゃねえんで」

「そうそう、そういう相談じゃねえんでさ」

「ああ」と清兵衛は立ち上がった。

「占いは余技《よぎ》だ。よろず相談は、話を聞いて手立てを考えるのだ。占いで見るわけではない」

「へえ、そうなんですかい」

「うむ、まずは話を聞こう、来なさい」

清兵衛は見台に手をかけた。

「あ、ではこれはわたしが」

登一郎は筮竹の入った竹筒を取り上げた。

「お、かたじけない」

いや、と登一郎は清兵衛が腰掛けていた床几も手に取った。

「さ、入りなさい」

見台を抱えて、清兵衛は家の中に入って行く。

駕籠かきは戸の前に駕籠を置くと、それに続いた。

登一郎も土間に入って、竹筒と床几を置いた。と、清兵衛が振り返った。

「真木殿も話を聞かれるか」

「お、よろしいか」

思わず声が弾んだ。

うむ、と清兵衛は小さく笑う。

登一郎は弛んだ顔を撫でた。首を突っ込みたい気持ちを読まれたか……。

顔を引き締めて座敷に上がると、登一郎は清兵衛の少し後ろに座った。

「さて、話を聞こう、まず名を教えてもらおうか」

清兵衛の言葉に、向かい合った男が口を開く。

「へい、あっしは金三《きんぞう》、こっちは留七《とめしち》っていいやす。見てのとおり駕籠かきをやってやす」

「あのう」留七が首を伸ばした。

「ここで話すことは、役人に知らされることもあるんですかい」

「いや、ない」清兵衛はきっぱりと首を振る。

「心配は無用、のっぴき横丁ではいかような話であっても、役人に告げるようなことはせぬ」

「はあ、よかった、なら、安心だ」

「おう」金三は頷きつつ、声を低めた。

「実はあっしらは上州《じょうしゅう》から出て来た百姓なんでさ。どっちも長男じゃないもんで、江戸にやって来たってわけで」

「ほう」清兵衛は二人を見る。

「すっかり江戸言葉だな」

「へえ、十五の歳に来て、もう八年になりやすから」

「へい、来た当初は荷運びだのなんだのをやってたんでさ。で、五年前から、駕籠かきになって」

金三と留七は交互に話を続ける。

「そう、駕籠をいくつも持っている親方に声をかけられて、始めたんでさ。いい親方で、いろいろ教えてくれて」

ふむ、と清兵衛は聞いている。

「けど、四年前に江戸で人別《にんべつ》改《あらため》が厳しくなって……」

ああ、あれか、と登一郎は腕を組んだ。

前の将軍徳川家斉が隠居し、大御所となったあとだ。息子の家慶が将軍を継いだもののの、政の実権は大御所の家斉が握っていた。その家斉とその周囲が、人返しをすべき、と言い出したのだ。

江戸の町にはずっと以前から、人が集まるようになっていた。商人や浪人だけでなく、百姓衆もやって来ていた。家を継がない次男以下や土地を持たない百姓の倅《せがれ》らは、仕事を求めて江戸に来る。村を出奔《しゅっぽん》して来た者は、江戸では人別帳に載らない無宿人《にん》となったが、それでも仕事はあり、暮らしていけた。

一方、村のほうでは男手が減ることに繋がっていた。

村ではしばしば、日照りや洪水、蝗害《こうがい》などに見舞われ、米の不作が起きる。それは飢饉となり、江戸にも及んだ。

公儀は江戸に出て来た百姓を郷里に戻し、農地の拡大や増産に当たらせる方策を立てた。江戸に出て来ている者に、地元に戻れ、と命令をしたのだ。寛政二年（一七九

○）には、老中首座となった松平定信《まつだいらさだのぶ》が、〈旧里帰農令《きゅうりきのうれい》〉を発布し、帰郷を命じた。が、従わない者も多く、その法令はさほどの効果を発揮しなかった。江戸の町では、年々増える無宿人が常に問題になっていた。
「おまけに一昨年《おととし》でさ」金三が言う。

「諸国人別改ってぇ、もっと厳しいのになって」

ううむ、と登一郎が口を開いた。

「それは、手立てだったのだ。大御所様や重臣方は厳しい法令を下して、江戸に来た百姓を里へ戻そうとしたのだ。だが、それに反対するお人らもいてな」

「うむ」清兵衛も頷く。

「わたしも聞いている。一昨年には、遠山の金さんが北町奉行になっていたから、人返しには強く反対したそうだ」

「さよう」登一郎も頷き返す。

「江戸の暮らしにすっかり馴染んでいる者らを今さら返すのは不憫《ふびん》、という声も少なくなく、その代わりに人別改を厳しくする、ということで折り合いがついたのだ」

「へえ」

二人は顔を見合わせた。

「そうだったんですかい、けど、あっしらにとっちゃその人別改が、都合が悪いんで」

「へえ、国元の許しなんぞ、もらっちゃいないんで」

百姓が江戸に出るには、郷里の名主《なぬし》や役人ら五人の許しを得なければならない、と以前に決められていた。その証文があれば、江戸でも人別帳に載って無宿人ではなくなる。

「けど、あっしらだけじゃない、みんなそうでさ。許しをもらいに行っても、逆にダメ出しを受けるのが落ちなんだから」

「そうそう、だから、こっそりと抜け出すんで」

「ふうむ」清兵衛は眉を寄せる。

「で、無宿人暮らしか」

「へえ」

二人は肩をすくめた。無宿人は寄場《よせば》に送られたり、無理矢理に郷里に戻されたりする。

「なもんで、あっしらは親方に捨てられたんでさ」

「捨てられた」

「へい、最初の親方はいい人で、人別改もなんとかごまかしてくれたんですけど、だんだん厳しくなって面倒になったようで、別の駕籠かきの親方に引き渡されちまって」

金三が肩をすくめると、留七が頷いた。

「けど、その親方がひどいのなんの……人別改は、葛飾《かつしか》から来た親類だって、でっちあげてくれたんですけど、それを盾に、取り分を削りやがって。最初の親方は稼いだ分の七割をこっちにくれたんですけど、それを四割にされちまって」

「そうなんでさ、無宿人になるよりいいだろうって言われて」

「ふうむ」

清兵衛はちらりと登一郎を見る。

「いや」登一郎は口を歪めた。

「人別改には抜け道がある、と聞いてはいたが」

金三と留七は首を縮める。

「では」清兵衛が二人を見た。

「相談というのは、削られた給金をまっとうな払いにしてほしい、ということでよいのかな」

「へい、なんとかしたいんで」

二人の声が揃う。

「なんとかといっても」

登一郎がつぶやくと、清兵衛が顔を向けた。かまわぬ、言ってくれ、とその目が促している。

うむ、と登一郎は口を開く。

「そもそも、金公事《かねくじ》は町奉行所では扱わない。金に関わる訴えがあまりにも多いため、相対済《あいたいす》まし令というのが出て久しい。当人同士で話し合え、ということで、それで埒《らち》が明かなければ、名主などに仲介を頼むように決められているのだ」

「名主なんぞ、あっしらのことなんざ、相手にしてくれませんや」

金三が言うと、留七も頷いた。

「そうそう、雲助《くもすけ》なんぞと呼ばれて、人並みに扱っちゃもらえねえんだから。第一、下手なことしたら、無宿人だってばれちまう」

ふうむ、と清兵衛は立ち上がると、

「ちと、待ってくれ」

と、出て行った。

二人はおずおずと登一郎を見る。

「あのう」

「ふむ、なにか」

「御公儀はなんだか、厳しくなりやしたよね。大御所様が亡くなってから、禁令がたちまち増えて、あれしちゃいけねえ、これしちゃいけねえって……老中首座の水野様が力を握ったからだって、もっぱらの噂ですけど……」

金三の言葉に留七が続ける。

「へえ、この先、もっと厳しくなるんでしょうか」

ううむ、と登一郎は顔をしかめた。それは間違いない、が、町人に言うのは憚《はばか》られる……。

「かも、しれぬな」

うへえ、と二人は顔を見合わせた。

そこに戸が開き、二人の足音が入って来た。

おや、と登一郎はその姿を見る。伴って来たのは、口利き屋の利八だ。

清兵衛は横に利八を座らせると、手で示した。

「利八というて、口利きをしてくれるお人だ。事情は話したから、その親方に談判《だんぱん》してもらうといい」

利八は胸を張って二人を見た。

「事はだいたい飲み込めた、あたしが交渉してみよう。礼金は、うまくいったら手にしたうちの一割、でいかがかな」

ドスの利《き》いた声に、登一郎は目を瞠った。今まで聞いた声と違う。肝《きも》が据わっていそうだ、と登一郎は胸中でつぶやく。

「お願いしやす」

二人は頭を下げる。

「それじゃ、うちに来て、詳しい話を聞かせてもらおう。親方の質《たち》なども聞いておきたいのでな」

立ち上がる利八に、二人も従う。

出て行く三人を見送って、清兵衛はさて、と腰を上げた。

「わたしはもう一度、見台を出すとしよう」

「では、手伝いを」

登一郎も立ち上がった。

第三章　裏をかく者

一

登一郎は利八の家の前に立った。

金三と留七が来てから、二日が経っていた。

「利八殿」

呼びかけに戸が開いた。

「おや、これは、ご用ですかな」

意外そうな利八に、登一郎は一つ、咳を払う。

「もう、駕籠かきの談判に行かれたか」

「いいえ、まだですよ。町でほかの駕籠かきなどからも話を聞き集めていたのでね。

それもすんだので、明日にでも行こうと思ってはいますが」

「ほう、さようか」登一郎はまた咳を払う。

「なれば、その……用心棒はいらぬか」

「は……」

目を見開く利八に、登一郎は腕を上げてみせた。

「わたしは剣術、棒術《ぼうじゅつ》、槍術《そうじゅつ》では折紙《おりがみ》をもらっている」

武術では師に認められた者だけが、その証として折紙をもらえる。

「ははあ、なるほど……なので、用心棒として雇え、ということですな」

「いや、礼金などはいらぬ、助けになれば、と思うたのだ」

胸を張る登一郎を、利八は改めて見た。

「ほほう、横丁に住んだからには、ということですかな」

「うむ、しかり」

頷く登一郎に、利八は首を振った。

「お志《こころざし》はありがたくちょうだいいたしましょう。ですが、このたびはけっこうです。いきなり刀を差したお方を連れて行けば、事を荒立てるばかり。うまくいくものもいかなくなってしまいますのでな」

む、と登一郎は身を反らした。

「そうか……それは確かに道理」肩を落としつつ、頷いた。

「あいわかった、失礼する」

踵を返して、戸を離れる。

「ああ」と利八が声を上げた。

「なにかあったときには、お願いします」

うむ、と登一郎は振り向く。

「いつでも声をかけてくれ」

落としていた肩を上げて、頷いた。


「父上、おられますか」

声とともに戸が開いた。

「おう、長明か」

はい、と三男が上がり込んで来る。

「これをお持ちしました」

手にしていた小さな葛籠《つづら》を開けた。中には筆や墨が入っている。

「おう、忘れていたわ」

「そうでしょう、棚に置いてあったのに、わたしが気づいたのです」

ふむ、と墨を手に取る。

「これはよい物なのだ、礼を言う」言いつつ、息子に上目になった。

「して、皆はどうしている。照代はなにか言うていたか」

「いえ、格段には……母上は叔母上を呼んで、上野に行く相談をしています。叔母上から、芝居小屋が浅草に移って、近いうちにまた興行するらしい、と聞いて、それも楽しみのごようすで」

「むう……武家の妻が芝居見物など……」

登一郎の口が曲がる。

「なれど、叔母上は以前から芝居によく行かれていたそうです。役者にも詳しく、母上に教えておられました」

むうう、と口を結ぶ。照代の妹も大身《たいしん》の旗本の家に嫁いでいる。

「それよりも父上」

長明が外を指さす。

「じきに夕刻です、外に夕飯を食べに行きませんか」

「外に」

「はい、浜町《はまちょう》のほうに、旨い飯屋があるのです。家の夕餉《ゆうげ》は湯漬けですが、飯屋では昼でも夕でも温かいご飯が食べられるのです、せっかく町にいるのだから、使わない手はない、そこは魚も旨いのです、行きましょう」

立つ息子に、父もつられる。

聞いていたらしい佐平がやって来た。

「外で夕餉ですか、いってらっしゃいまし」

支度の手間が省《はぶ》けた、とばかりの笑顔だ。

「うむ、では行ってくる」

登一郎は息子と連れだって、外に出た。

「しかし」隣の長明を見た。

「そなた、なにゆえにそのような店を知っているのだ」

「はあ、町を歩いていて腹が減ったときには、飯屋が重宝しますから」

屈託《くったく》なく答える息子に、父は口を結んだ。そういえば、と妻に言われたことを思い出していた。

〈長明は出歩いてばかりいるのです、叱ってやってください〉

ううむ、と首をひねる。叱ったかどうか、よく思い出せない。こほんと、喉を鳴らした。

「林太郎はどうしている。怠《おこた》りなく出仕しているか」

「はい、きちんと出仕しておられます。時折、こう、眉間に皺を寄せて帰って来ますが」

長明は真似をして眉を寄せる。

そうか、と登一郎はその顔から目を逸らす。父親が乱心の噂を立てられ、老中などから睨まれたのだ。嫌みなどを言う者もいるだろうし、肩身の狭い思いをしていることだろう。ちと、かわいそうなことをしたか……。

「真二郎はどうだ」

「ああ、兄上はますます勤勉になられて、学問所だけでなく、道場にも熱心に通っておられます。剣術の腕を磨かれているようです」

「そうか」

登一郎は次男の顔を思い起こす。真二郎はもともとよい家に養子に行くことを望みとしていた。が、父のせいで真木家の評判が落ちたと考え、それを挽回《ばんかい》すべく励んでいるに違いない……まあ、あやつは逆風を力に変えるであろう……。

「して、そなたはどうなのだ」

腕を振って歩く長明を見る。

「はあ、わたしは……以前、昌平坂学問所にもいくどか行きましたが、朱子学《しゅしがく》は堅苦しくて肌に合いません。それよりも……」

父を見た。

「わたしは蘭学を学びたかったのです」

「ほう、そうであったか」

初耳だった。

「なれど」長明はうつむく。

「無理でしょうね」

「そうさな、御公儀の方針が変わらぬ限り、難しいであろうな」

ああ、と長明は空を仰いだ。

「なので、わたしは道に迷うているのです。いずこにわたしの進むべき道があるのか」

ほう、と父は息子を見る。そのようなことを考えていたのか……。

長明は数歩、先に走ると、父に向き合った。

「道を探すためには見聞を広めなければなりません、ゆえに、父上、時折、来てもよいですか」

正面から迫られ、

「う、うむ」

と、頷く。

「よかった」

長明はくるりと回って歩き出すと、声を上げた。

「あ、父上、茶饅頭《ちゃまんじゅう》を売ってます、買いませんか」

湯気の立つ蒸籠《せいろ》へと駆けて行く。

あとに続いた登一郎は、息子の笑顔につられて小銭を出した。

「おう、旨い」

そう言って目を細める息子に、父も続く。

「うむ、旨いな」

そう頷くと、腕を振って歩き出す息子の横に、登一郎も並んだ。

翌日。

　二階の窓を開けた登一郎は、利八が羽織姿で戻って来たのを見て、階段を下りた。外に出ると、利八は清兵衛の戸に手をかけているところだった。

「利八殿、談判してまいったのか」

「ああ、ええ」

　そこに戸が開いて、清兵衛が出て来た。

「おう、首尾《しゅび》はどうであった」

「はい」利八は清兵衛と登一郎を交互に見る。

「話はつけました。これまで削った分の給金を、この先、上乗せして払っていく、ということで。しかし、親方の権造《ごんぞう》という男、なかなかしたたかなやつでして、約束を守るかどうか、油断はできませんな」

　ふうむ、と清兵衛は眉を寄せる。

「では、当面、見守りだな」

「ええ、礼金も先送り、しかたありませんな」

　利八も顔をしかめて頷く。

　ほう、と登一郎は頷き合う二人を見比べた。そういう流れになるか、一筋縄《ひとすじなわ》ではいかないのだな……。

二

朝飯を済ませた登一郎は、木刀を持って外に出た。家の前で素振《すぶ》りをする。

が、声は抑えて、息だけを吐いた。

庭がないのはちと不便だな……。そう思いつつ、木刀を振り上げる。

横丁の外の道は、人々が行き交っている。道具箱などを肩に担いだ男らが、勢いよく道を蹴っていく。

その道から、一人の猫背の男がおずおずと横丁に入って来た。

素振りをする登一郎にぎょっと目を瞠るが、足は止めない。左側を見ながら、二軒目で立ち止まった。清兵衛と弁天に挟まれた家で、間口二間と一番狭い家だ。男はその軒下に下がった木札を見上げている。

〈つごう　銀右衛門《ぎんえもん》〉と書かれた札に、登一郎は初め、首をかしげたものだった。が、まもなく金を都合する、の意なのだと得心した。

男は「ごめんください」と声をかける。

すぐに戸が開き、男は中へと入っていった。

つごう、のひと言でわかるということは、誰かに聞いて来たのであろうな、……。

登一郎は素振りをしながら思う。

男はすぐに出て来ると、猫背を伸ばして、早足で横丁を出て行った。

ふむ、借りられたわけだな……。登一郎は木刀を振り下ろす。と、その手がとまった。

横丁に二人の男が入って来た。金三と留七だ。留七は右腕を金三の肩に回し、身体を預けている。右足は動いているが、左はずるずると引きずっている。その留七の腕を握った金三の顔は、血がこびりつき、目の周りが腫《は》れていた。

「どうしたっ」

登一郎が駆け寄る。

「あ、旦那」

担がれた留七も顔を上げる。口から血が出ている。

「なんとした、しっかりしろ」

登一郎の大声に、清兵衛が出て来た。

二人の姿を見て、慌てて駆け寄る。

「なんと……」清兵衛も大声を放った。

「誰にやられた」

「親方のとこで……すんません、ほかに頼るとこがなくて……」

「かまわん」清兵衛は顔を巡らせると、大きく口を開いた。

「利八さん、来てくれ」

斜め向かいの戸が開いて、利八が飛び出して来た。

「やっ、こりゃあ」

利八は留七の反対側に回り、腕を自分の肩にかけた。

「龍庵のとこに連れて行きましょう」

「あ、なれば」

登一郎は金三の肩から留七の腕を外し、担いだ。

身軽になった金三は、身を折って自分の頭に手を当てた。額から耳にかけて、血が流れ続けている。

「そなたは頭をやられたか」

清兵衛は金三の腕をつかむと、支えるように歩き出した。

龍庵は一番端の家だ。

途中の家の戸や窓が開き、一行をそっと窺うのがわかった。

でさ。利八っててえ口利き屋が来たぞって。てめえら、何様のつもりだ、人の恩ってものがわからねえのかって」

「そう」

留七は声を出そうとしてむせ込んだ。咳とともに血が飛び散る。

「ああ、しゃべっちゃいけない。口の中が切れているんだ」

龍庵に止められた。

金三は留七に頷いて、口を開いた。

「怒ったあとで、こう言ったんでさ。いいだろう、取り分を七にしてやろう。これまでの分は、明日っからの分に乗せてやる。口利き屋にもそう約束したから、文句はねえだろうって」

「おう」利八が頷く。

「親方の権造とは、そういう話でまとめたんだ」

「それが」金三は唇を噛む。

「朝、駕籠を取りに行ったら、男らに囲まれて、いきなり殴る蹴る、それもほかの駕籠かきが見てる前で……」

「なんと、非道《ひどう》な、見せしめということか」

登一郎がつぶやくと、金三は首を振った。

「それだけじゃねえんで。怪我をしたから、もう駕籠は担げないだろう、うちへの出入りはもう終《しま》いだ、って言いやがって」

むう、と清兵衛が唸る。

「金を払わずにすむ方法を、夕べのうちに考えたのだな」

「くそうっ」利八が拳で板の間を打つ。

「端《はな》っから、まともに取り合うつもりはなかったんだな。どうも怪しいとは思っていたんだが」

そこに開け放しだった戸口から声がかかった。

「ごめんなさいよ」暦売りの新吉が上がって来る。

「話は聞こえました」

おう、と清兵衛は顔を上げる。

「そうだな、おまえさん方の出番かもしれぬな」

新吉は近寄ると、二人の怪我人を覗き込んで顔をしかめた。

「こいつはひでえ」

「うむ」清兵衛は龍庵を見る。

「先生よ、この怪我人、しばらくここで養生させてやってくれまいか」

「はい、かまいませんよ。この脚じゃ、当分、歩かないほうがいい」

「どうだ」

と、清兵衛が二人を見ると、金三が頷いた。

「へい、あっしは大丈夫ですけど、留の面倒はお願いしやす」

「いや」と龍庵は首を振る。

「おまえさんも、今日は泊まっていったほうがいい。頭の怪我は、油断すると急に悪くなることがあるからね」

へい、と金三は頷く。

「よし」と清兵衛は金三を見た。

「なれば、あとでうちに来て、じっくりと話を聞かせてくれ。それと新吉」

清兵衛は新吉を見た。

「一緒に話を聞いてくれ。そうだな、八つ刻《どき》（午後二時）にうちに来てくれ。金三さんも利八さんも、それで頼む」

「はい」

利八が頷く。

なればわたしも、と登一郎は身を乗り出した。が、それぞれの顔を窺っても、誰も目を合わせようとはしない。

くうっ、だめか……なにが始まるというのだ……。登一郎は口がむずむずとしたものの、声に出せずに呑み込んだ。

八つを知らせる鐘に、登一郎は二階の窓を小さく開けた。

金三が清兵衛の家に入って行く。

利八も家から出ると、清兵衛の家へと向かって行く。

左のほうから、新吉の姿も現れた。おみねも一緒になって、やはり清兵衛の家へと歩いて行く。

おみねさんも行くのか、と、登一郎は窓をさらに開ける。そういえば、清兵衛殿はおまえさん方、と言っていたな、おみねさんのことか……しかし、暦売りが何をしようというのだ……。

登一郎は下を通って行く二人を見つめた。

「ご隠居」背後から佐平がやって来た。

「まぁた、覗き見ですか」

「いや、覗いているのでは……」言いかけて口を噤んだ。

「横丁のようすを知らねばならぬからな」

「はあ、さいで」

佐平は手にしたはたきを持ち上げると、それで部屋の隅を示した。

屋敷から運んできた柳行李《やなぎごうり》や葛籠が積まれたままだ。

「ところでご隠居様、あれ、開けてもいいですか。襦袢《じゅばん》とかを出しておかないと、洗濯もできませんよ」

「ふむ、そうか」登一郎はそちらに寄って行く。

「荷造りをまかせた物もあるから、中を確かめねばならぬな」

書物などは自ら詰めたが、着替えなどは照代に言いつけていた。

行李を開けて、中を出していく。

佐平も手を伸ばした。

「すぐに使うような物は、入れ替えて、上に載せておくんです。暖かくなったら、袷《あわせ》と単衣《ひとえ》も入れ替えなきゃなりません」

「なるほど」

登一郎は中を取り出して、畳に広げていった。

「袷ばかりだな」

はい、と佐平は上目になった。

「すぐに音《ね》を上げてお戻りになる、と思われたのかもしれませんね」

む、と登一郎は口を曲げる。

「志をわかっておらぬな」

はあ、と佐平はうつむく。

その肩が揺れているように見えて、登一郎は声を低めた。

「笑っているのではあるまいな」

「とんでもない」

佐平はうつむいたまま、首を振った。

三

翌日。

登一郎は晒を抱えて家を出た。

龍庵の家に向かって歩き出すと、おや、と目を斜めに向けた。

暦売りの新吉の家に、男が入って行く。

あれは、いつも来る納豆売りではないか……。

足を緩めて見ていると、もう一人、横丁に入って来た男が新吉の家に向かって行く。

今朝も来ていた煮売り屋ではないか、五目豆が旨い……。見ていると、やはり新吉の家に入って行った。

なんだ、と振り返ったものの、家はしんとして変わりはない。

登一郎は向き直って、龍庵の家へ進んだ。

戸に手をかけ、

「二人の具合はいかがか」

声をかけながら中に入ると、頭に晒を巻いた金三がすぐに出て来た。

「昨日はどうも……あっしはもう平気なんですが、留が……」

寝ている留七の横で、龍庵が顔を振り向けた。

「あちこち怪我したせいで、身体が熱くなっている。なに、熱冷ましを飲ませたので、二、三日で下がるでしょう」

「さようか、上がってもよいか」

返事を待たずに、登一郎は上がり込むと、手にしていた晒を差し出した。

「これを持って来た、使ってくれ」

添え木の当てられた留七の脚には、晒がぐるぐるに巻かれている。

「おう、これは」龍庵はためらいつつ手を伸ばす。

「助かりますが、よいのですかな」

「うむ、当面、使う当てはないのでかまわぬ」

言いながら登一郎は留七を覗き込んだ。額にうっすらと汗をかいている。

金三は横に来ると、眉を寄せた。

「留のやつ、あっしをかばってやられたんでさ。おかげでこっちは大した怪我じゃなくすんだけど……」

金三は鼻をすすった。

「あいつら、棒で思い切り打ちやがって、転がったところを殴る蹴るたぁ、汚ねえにもほどがある」

ふうむ、と登一郎は二人を交互に見た。

「ともに助け合うとは、情が通じているのだな」

「へえ、そりゃ」金三が鼻水を手で拭う。

「お互い貧しい百姓家に生まれて、なにをするんでも一緒だったし、兄弟……いや、兄弟とは食いもんを取り合ったけど、留とはなんでも分け合った仲でさ」

「ほう、それでともに江戸に出て来たのか」

「へえ、江戸の話は、よく聞いたもんで。江戸に行って来たってえ庄屋《しょうや》さんや行商《ぎょうしょう》の人なんぞから……お店がいっぺえあって、寄席やら芝居小屋やらでいろんな出し物をやってて、おまけに江戸では、毎日白いおまんまを食ってるって……あっしらが炊くのは粟《あわ》や稗《ひえ》の茶色いもんばっかりだってのに……そんなのを聞いたら、居ても立ってもいられなくなるってもんでさ」

百姓衆は米を作っても年貢に納めねばならず、自分たちではごくたまにしか口にすることができない。

「なるほど」登一郎は眉を寄せた。

「なれば、誰でも江戸に出て来たくなるであろうな」

「へい」金三は苦笑する。

「まあ、実際に来てみれば、稼ぐのは大変だし、悪いやつもいるし、駕籠の客なんざ、金を払わずに逃げるやつもいるしで……」

金三は溜息を吐《つ》いて、天井を仰ぐ。

「もう、駕籠かきはやめにしやす。稼いで、自分らの駕籠を買うつもりでいやしたが」

「ほう」と龍庵が顔を向けた。

「ならば、ちっとは金を貯めているのか」

「へい、あ、なんで、薬礼はちゃんと払いますんで」

金三の言葉に、龍庵の顔が「ふむ」と弛む。

「そうだ、よい薬があった、出してやろう」

そのにこやかな面持ちに、わかりやすい医者だな、と登一郎は思いつつ、金三を見た。

「されば、別の仕事を探すのか」

「へい、そのへんは考えてみやす」そう言うと、立ち上がった。

「あっしはとりあえず、長屋に戻りやす。急に帰って来なくなって、みんなが心配してるといけねえんで」

「ふむ、そうさな」龍庵は、頷いた顔を上げた。

「そうだ、家に棒はあるか、心張り棒でもなんでもよい」

「へい、前の駕籠屋でもらった棒がありやす」

「ならば、持っておいで。杖に使えるだろう」

立ち上がった利八に登一郎は顔を向け、清兵衛の家を見た。

問いたいことを察して、利八は頷く。

「もうあたしの仕事は終わりでさ。知ったことは話したんで」

「ほう、そうであったか、新吉さんのほうはなにやら忙しそうだが」

「ええ、まあ……そのうちにわかりますよ」

利八はそう言うと、くるりと背を向けて、家へと戻って行った。

ううむ、と登一郎は横丁を見渡して腕を組む。

なにがわかるのだ……。

四

「ご隠居様」

朝の膳を終えた登一郎を、佐平が呼びに来た。

「お客が来てますよ」

「客」

戸口に行くと、そこに立っていたのは金三だった。

「おう、そなたであったか」

へい、と金三は手にしていた棒を前に掲げた。

「言われたとおり、二本、持ってきやしたけど」

「ほう、それはよい、ちと待ってくれ」

奥に戻ると、登一郎は襷《たすき》を掛けながら戻って来た。

「それ、そなたも」

金三に襷を渡すと、登一郎は棒を受け取って外に立った。

「なにをするんで」

袖をからげながら、金三は首をかしげる。

「うむ、棒術を教えて進ぜよう」

登一郎が差し出す一本を受け取りながら、

「棒術……そら、格好いいけど、あっしにできやすかね」

金三は戸惑いつつ、棒を握りしめる。

棒術は町の男にもやる者が増えていた。明《みん》の国で出された読み本『水滸伝《すいこでん》』のせいだ。和語にされ、多くの絵を入れた『水滸伝』が江戸で出版されると、たちまちに男達のあいだで人気を博した。物語で活躍する好漢《こうかん》の一人、史進《ししん》が棒の使い手であることから、棒術をやる者も増えていた。

「なに、棒はどこにでもあるもの、覚えておけば役に立つ」

登一郎は棒を脇に構える。

「はあ、確かに」金三も真似をする。

「やり返せれば、あんな怪我をしねえですんだかもしんねえ」

「さよう、やっ」

登一郎は棒を突き出す。

「やあっ」

金三も真似をする。

「とうっ」

登一郎は棒を回す。

「とうっ」

金三の声にも力がこもってくる。

「えいっ」

登一郎の棒が振り上げられる。

「棒を横にしてこれを止《と》めてみよ」

振り下ろす棒を、金三が「うわっ」と言いながらも頭の上で止める。棒のぶつかる音が響いた。

「止めたっ」

金三が笑顔になる。

そこに戸の開く音が鳴った。

「くりゃっ」弁天が出て来る。

「こんなところで、やっとうなぞするんでない。気が乱れるわ」

隣の戸も開いた。金貸しの銀右衛門が出て来ると、腰に手を当てた。

「そうそう、気はどうだかわからねえが、そんな物騒《ぶっそう》なことをされたら、客が逃げちまう」

ふむ、と登一郎は棒を下ろした。

「それは確かに」

「ええっ」と金三が棒を掲げる。

「せっかくやる気になったとこなのに、先生、もっと教えてくださいよ」

先生、とはわたしのことか……。登一郎は笑みが浮かびそうになる顔を引き締めて、胸を張った。しかし……と、見まわす。

そこに端から男がやって来た。戸直し屋の末吉だ。

「なにかと思えば、棒術でしたか。そんなら、うちの前でおやんさない」

三間ちょっとある広い間口を手で示す。

「お、よいのか」

目を見開く登一郎に、末吉は頷く。

「向かいは龍庵先生だ、平気でしょう」

「おし、そんなら」

棒を振って歩き出す金三に、登一郎も続く。それに並んだ末吉は、

「表の道に飛び出さないように気をつけてくださいよ」

そう穏やかに言って、家に入って行った。

「そいじゃ、先生、もういっぺん」

金三が棒を構える。

「よし」

登一郎は笑みを抑えながら、棒を握りしめた。

「広いところならば、思い切り棒を回せるが、ここではできん。突く、打つを主《おも》に教えよう」

「へい、よろしく願います、先生」

金三が気合いを入れて、ぺっと手に唾《つば》を吐いた。

「やぁっ」

という登一郎のかけ声に、金三も、

「とうっ」

と返す。

「やっとう、てのは、こっからきてたのか、やあっ」

金三は思いきり棒を振り上げた。

二人のやっとうは、毎日、続いた。


階段を上がって来る音に、登一郎は振り向いた。

「ご隠居様」

佐平の呼びかけに、向けた顔を振る。

「ご隠居はやめて、これからは先生と呼ぶがよい」

「へ、先生ですか」

「うむ」

胸を張る登一郎に、佐平が下を指す。

「なら、先生、お客ですよ、暦売りの若い……」

え、と登一郎は階段を下りる。

土間に立っていたのは新吉だった。

「ご隠居、ではなく最近は先生、のようですね。真木登一郎様」

口元にかすかな笑みを浮かべて、登一郎を見上げる。

「ふむ」

決してにこやかとはいえないその面持ちに、腹に力がこもる。が、その腹がうずうずともしてくる。

「わたしを訪ねて来るとは意外、いかなる用か」

「はい、少々、伺いたいことがありまして」

「ほう、なれば、上がられよ」

手で奥を示すと、新吉はためらいなく座敷へと上がった。座りながら、なにもない家の中を見まわす。

「さっぱりとしておられますね」

「うむ」登一郎は向かい合う。

「ここに来て、ほとんどの物は無用であると気がついた」

ほほう、と新吉は初めて目元を弛めてみせた。

「御武家様は賜《たまわ》り物など、いろいろと並べ立てるのがお好きなのかと思っていましたが、そうでない方もおられるようですね。いえ、清兵衛さんから真木様のことは聞きました。お城で、かの水野様に物申されたようで」

うほん、と登一郎は咳を払う。

「まあ、かねてより思うていたことを、抑えきれなくなったまでのこと。乱心などとも言われたが悔《く》いてはおらぬ」

背筋を伸ばす登一郎を、新吉はまっすぐに見た。

「では、今さら、知ったことをお城や役人に知らせる、などということはなさらない、と思ってよいですか」

「知ったこと、とは」

「いえ、たいしたことじゃありません。老中の首を狙《ねら》おう、なんて話じゃありやせんや」

「ふむ」登一郎は腕を組む。

「仮に鳥居耀蔵の首を狙う、と聞いてもわたしは漏らさぬ」

はっ、と新吉の目が丸くなった。その口から笑い声が上がる。

「いや、そいつはいい考えだけど、あっしらは力でどうこうしようなんざ、思っちゃいません」身体を揺らしながら、新吉は顔を振った。

「ふうむ、そうか。まあ、いずれにしても、わたしは乱心したなどの噂が流れ、武家からはもはや相手にされておらぬはず。たとえなにか言うても、耳を傾ける者などいないだろう、案ずるに及ばぬ」

「なるほど」新吉は真顔に戻った。

「真木様は以前、目付のお役に就いておられましたよね」

「む、なにゆえにそのようなことを……」

「うちには『武鑑《ぶかん》』が揃ってますんで」

にやりと新吉は笑う。

『武鑑』は役人を網羅《もうら》した名簿だ。名や役目、禄高や屋敷の場所まで記されている。町の書肆《しょし》が毎年発行するため、役目の変遷《へんせん》も追っていける。大店の商人などは、武家相手の商いのために活用している。

ふうむ、と登一郎は新吉の姿を改めて見た。暦売りと『武鑑』が結びつかない。

「で」新吉が膝で間合いを詰めた。

「南町奉行所の与力で栗田右近《くりたうこん》という旗本を知っちゃあいませんか」

「栗田……」

登一郎は天井を仰ぐ。

目付は徳川家に仕える武士を観察する役目だ。御家人、旗本のすべてがその対象となる。

登一郎はじっと見つめる新吉の目を感じながら、数年前のことを思い起こしていた。

「お、そういえば……」

顔を戻した登一郎に、新吉はさらに間合いを詰めた。

「知っていますか」

「いや、当人を知っているわけではない。だが、同役が何やら調べていたのを思い出したのだ。ちと、小耳に挟んだだけだが……しかし、不問のままであったはずだ。証立てるものが見つからなかったのであろう」

「そうでしたか」新吉は乗り出していた身体を戻すと、

「見過ごされていたか」

小さくつぶやいた。

「なんだ」今度は登一郎が身を乗り出す。

「その与力がどうしたというのだ」

うううん、と顔をしかめる新吉に、

「こちらは話したのだ、訊いてもよかろう」

登一郎は憮然として声を返す。

「はあ、そりゃそうですね。じゃ、ちっとだけ……」新吉は声を低めた。

「金三さんと留七さんがえらい目に遭わされたのを受けて、親方の権造を調べたんです。あんなことをするんだから、真っ向から当たっても埒は明かないでしょう。そうしたら、権造という男、ほかにも悪いことをやっていやがった。けど、役人に袖の下を渡しているもんで、目こぼしされてきたんです」

「ほう、その役人が栗田右近、ということか」

「さいで」

頷くと、新吉は立ち上がった。

いや、と登一郎は手を上げる。それで、どうするつもりなのか、と喉に出かかるが、新吉は背を向けて、すでに土間へと下りていた。

「そいじゃ、どうも、邪魔をしました」

向き直って頭を下げると、また背を向けて出て行った。

ううむ、登一郎は口を曲げる。言葉にできなかった問いが、喉元でもやもやとうごめいていた。


横丁の入り口、清兵衛の家の前に登一郎は立った。

表では清兵衛が見台を出している。

話しかけようとしたが、見台の前には客がいたため、待つことにしたのだ。聞くともなしに話が耳に入ってくる。

「ほう、それでは娘御は、その植木職人と夫婦《めおと》になりたいというのだな」

女の声が早口でまくし立てる。

「植木職人っていっても、見習いなんですよ、見習い。一人前になるのに、何年かかるかわかりゃしません」

「ふむ、歳はいくつか訊かれたか」

「二十三だそうですよ」

「ほう、なればいま少しかかるな」

職人が独り立ちするのは、二十七くらいになってからが多い。

「そうでしょう、それよりも大店の息子さんのほうがいいに決まってるじゃありませんか。すぐにでも祝言を挙げられるんだから」

　登一郎は思わず首を伸ばして、覗き込んだ。年配の女は両手を握りしめて、それを振っている。

「おときはもう十八なんですよ、独り立ちなんて待っていたら、行き遅れちまうじゃありませんか」

「ふうむ、して、娘御は大店の息子とは会ったことがおありか」

「ええ、少し前に、水茶屋で、たまたまを装って顔合わせをさせたんです。少し話もさせました」

「ほほう、して、娘御はなんと」

「それが……」母親は身をくねらす。

「あたしは声の大きい男は嫌いよって」

「なるほど、では、占ってみよう」

　清兵衛は筮竹を手に取った。じゃらじゃらと鳴らし、それを分けていく。何本かを見台に置くと、顔を上げた。

「お内儀《かみ》、死ぬぞ」

「えっ」女は仰《の》け反《ぞ》る。

「あ、あたしがですか、い、いつ、なんで……」

「ふむ、人は皆、いずれ死ぬのだ」

ああ、と女は背中を丸めた。

「そういうこと……脅かさないでくださいよ」

「いや、これは大事なことだ。お内儀はいくつになられた」

「は、今年で四十四です」

「うむ、まだ元気そうだな」

「ええ、元気ですとも、そうすぐに死んだりはしませんよ」

「そうか、母御はいくつまで生きられた」

「え、おっかさんですか……六十二でした」

「そうか、その歳まであと十八年だな」

え、と女は指を折る。

「あら、そうですね」

「人は普段、死ぬことは忘れているものだ。だが、忘れてはいかん。さて、娘御は六十二まで何年になるか」

はあ、とまた指を折る。

清兵衛はそれが終わらないうちに、口を開いた。

「娘御のこれからのほうがずっと長いのだ。嫌いな男と夫婦になるよりも、好いた男と一緒になるほうがずっとよい」

はあ、と女は手を下ろした。

「そりゃ、そう言われれば……」

「お内儀が娘かわいさに心配しているのはよくわかる。しかし、幸不幸は人が決めるものではない。人に決められて不幸になれば、一生、怨《うら》むことになろう」

「あら」女は口に手を当てた。

「そりゃ、だめだわ……怨まれたくなんぞないわ」

「うむ、なれば道は一つ、変えるのは娘御の気持ちではなく、お内儀の心構えだ、おわかりか」

女はしばし唇を噛んだあと、「はあ」と頷いた。

うむ、と清兵衛は筮竹を手に掲げた。

「覚悟がよい道につながる、と卦《け》にも出ている。お内儀が腹を据えれば、よい方向に進む」

女は顔をゆっくりと上げた。

「はい、わかりました」

「うむ、では、見料《けんりょう》は一朱《いっしゅ》」

きっぱりとした清兵衛の言葉に、女は巾着を取り出した。

一朱金を置くと、女は胸を張って「覚悟か」と独りごちながら去って行った。

登一郎は横丁から出ると、見台の横に立った。清兵衛はそれに気づくと、

「おう、これは、来ておられたか」

と、顔を上げた。

「失敬とは思うたが、聞いていた。占いというのは、なかなか味わい深いものなのだな」

「ああ、今のは占っておらぬ」清兵衛は笑う。

「話だけで十分。大体の客はそれですむ」

「そうなのか」

驚く登一郎に、清兵衛は片目を細める。

「迷いがなくなればよいのだ、ただ、人は卦といわれたほうが納得しやすいので、それを使うまでのこと」

「ほう……なれば、見料は相談料ということか」

「さよう、ゆえに見料も決めておらぬ。払えそうなお人からは多くもらい、困っていそうであれば、六文としている」

「なんと」

登一郎の顔がほころんだ。

その顔に清兵衛が首をかしげる。

「して、なにか用がおありか」

「ああ、実は、新吉さんが来たのだ。清兵衛殿の指図かと思い……」

「いや、わたしは初めに話の突き合わせをしただけで、あとは新吉さんにまかせてある。もっとも、利八さんの口利きが裏目に出たのは、わたしの差配の失態であるゆえ、最後まで手は引かぬが」

ううむ、と登一郎は唸る。訊きたいことは多いが、なにをどう訊けばよいか、迷う。

と、傍らの清兵衛の手が上がった。

こちらを見ている男に、手を振ると、また厳《おごそ》かな声になった。

「右か左か、迷っておられますな、見て進ぜよう」

男がやって来る。

登一郎はそっとその場から離れた。

五

「やっ」

金三の声に、登一郎が、

「とうっ」

と返す。棒のぶつかり合う音も混じる。

棒を落としそうになった金三が、足を止めた。

「はあっ」

身体を折って、金三は額の汗を拭う。

「今日はこれまでとしよう」

登一郎も息を整えた。

「へい」身を起こした金三は、龍庵の家を見る。

「そいじゃ、あっしは留に会って帰りやす」

「おう、ではわたしも顔を見て行こう」

ともに龍庵の家へと足を向けた。

「ごめんなさいまし」

金三が戸に手をかけようとしたとき、内側から開いた。

薬袋を手にした男が出て来て、おっと、と会釈をされた。

おや、と登一郎は去って行く男を見る。以前、龍庵に文句をつけていた男ではないか……。

土間に入ると、そこに龍庵がいた。

「今、出て行った者は前に来ていた……」

登一郎が言うと、龍庵は、かかか、と笑う。

「はい、藪医者と文句をつけに来たお人です」

金三は勝手に上がって行く。

留七が起き上がり、二人はなにやら話し出した。

登一郎は龍庵に小声になった。

「確か、病になったのはあの男の女房であったな、よくなったのか」

「はい、すっかり」龍庵は頷く。

「あれから何度も通い、薬をいろいろ変えたところ、元気になりました」

「ほほう」登一郎は意外に思う。

「龍庵殿は怪我だけでなく、病もまかせられるのだな」

「いえいえ」龍庵がささやき声になった。

「薬といっても、みんなが服《の》んでいるようなもの。そのうちの一つがうまく合ったのです。薬なんて物は、言ってみれば博打《ばくち》のようなもんですから」

「ふうむ、そうなのか」

「ええ。それにあの女房は、長生きしてほしいという息子の情が、なによりも効いたのでしょうな」

「ほう、そういうものか」

「はい、この横丁の人にだけ言うんです。病というのは不思議なもので、手を尽くしてもだめなときはだめ、逆になにもしなくても治ることもある。医者のできることなんぞ、たかが知れてるんです」

さらりと言う龍庵に、登一郎はうむむ、と唸る。やはり、頼りにならない医者なのか……。

「なもので」龍庵は小さく微笑む。

「わたしのことを藪医者という人もいるし、名医という人もいる。評判を訊かれたら、そう答えておいてください。下手に褒めて責めを負わされるようなことになったら、こちらも困りますんでな」

「う、うむ、あいわかった」登一郎は座敷で話している二人を見た。

「留七さんの怪我の具合は、どうなのだ」

「はい、大丈夫ですよ。駕籠かきをしてたから、骨が丈夫なんでしょう。人の身体ってのは、使うほうが強くなるもんです。留七さんも、あと半月ほど過ぎれば歩けるようになるでしょう」

「ふむ、それはなにより」

奥から留七が身を乗り出した。

「先生、治ったらあっしにも棒術を教えてください」

「うむ、わかった、待っているぞ」登一郎は大声を返すと、笑みを見せた。

「邪魔をいたした」

龍庵に言うと、外へと出た。

さて……。

登一郎は腹に力を込めた。

夕刻の道を、登一郎は歩く。

武家屋敷の建ち並ぶ道には、町の喧騒《けんそう》はない。

前から供を連れた武士がやって来た。

登一郎は顔を逸らし、塀から張り出した松の枝に向ける。

武士は気にするふうもなく通り過ぎて行った。

気づかれはしないか……。と、登一郎は肩の力を抜いた。

簡素な冠木門《かぶきもん》の並ぶ一画に道は入った。御家人の屋敷が集まっている道だ。

そのうちの一軒の裏側に、登一郎は回り込んだ。裏門からそっと入ると、庭へと進む。

「誰だ」

中から男が飛び出して来た。中間だ。登一郎の姿をじろりと見て、手にしていた箒《ほうき》を構える。登一郎は笑顔を作った。

「ああ、怪しい者ではない。浦部《うらべ》喜三郎《きざぶろう》殿を訪ねて参ったのだ。わたしは真木登一郎と申す」

「はあ、では少々、お待ちを」

箒を下ろすと、中間は中へと戻って行った。

すぐに足音が廊下を駆けて来た。

「真木様」

浦部喜三郎が下駄を突っかけて庭に下りて来る。

「やっ、真に……」

喜三郎は頭から足下まで、何度も見た。

「え、なにゆえに……わ、わたしのことを覚えておいでですか」

「当たり前だ」

「で、では、わたしの名をおっしゃることができますか」

「なにを言う、喜三郎ではないか」

むっとした登一郎に、喜三郎は、はあっ、と息を吐いた。

「ああ、真木様、まっとうであられた」

ああ、そうか、と登一郎は声を和らげた。

「乱心の噂はあくまで噂、わたしは変わりない」

「さようでしたか、安心しました。あ、どうぞ、お上がりください」

喜三郎は屋敷へと招き入れる。

上座《かみざ》に座った登一郎は床の間を振り返った。

「変わらぬな」

以前、来たときと同じ掛け軸がかけられていた。

「はい、御家人の暮らしは変わりません。されど、真木様はなにからなにまで……隠居なさったと聞いたときには、驚きました」

「うむ、なりゆきでな」登一郎は喜三郎の顔をしみじみと見た。

「屋敷だけでなく、そなたも変わっておらぬな」

いえ、と喜三郎は首を掻く。

浦部喜三郎は徒目付《かちめつけ》だ。徒目付は目付の配下として、探索などを行うのが仕事だ。喜三郎は、かつて登一郎が目付を務めていたときに、五人いた徒目付の一人だった。五人の中でも、一番心やすく、信頼できる配下だった。

「我らは出世もしませんし、変わりようがないだけで」

目付は旗本の出世の道筋であるため、役についても数年で次の役へと変わる。しかし、徒目付は多くが世襲《せしゅう》であるため、たとえ上役が替わっても、役目が変わることはない。

「して、わざわざのお運び、なにかのご用でしょうか」

かしこまる喜三郎に、登一郎は小声になった。

「そなた、以前、わたしと同役であった藤村《ふじむら》殿を覚えていよう」

「はい、大坂奉行になられた」

「そうだ、あの頃、藤村殿は町奉行所の栗田殿という与力を調べておった。結句、不問となったようであったが」

「そうでしたか」

「そなた、同役からなにも聞いておらぬか」

「はい、なにも」

目付も徒目付も、探索などの内容は、軽々に口外しないのが決まりだ。

「ふうむ。だが、藤村殿の徒目付だった者に、親しい者がおるであろう」

「はい、それは……長年の仲間ですので」

「では、その者にそっと訊いてみてはくれぬか。栗田という与力について、藤村殿はなにゆえに、なにを、調べたのか」

ううむ、喜三郎は眉を寄せるが、すぐにそれを戻した。

「わかりました、もう何年も前のことゆえ、障《さわ》りはないでしょう。訊いてみます」

おう、と登一郎は笑顔になった。

「それは助かる」

「は、ですが、真木様が今になって、それこそ、なにゆえに……」

「ううむ、それはまあ、いろいろあって……いや、そなたにも仲間にも迷惑はかけぬゆえ、心配はいらぬ」

「はあ、わかりました。わたしとしては、真木様とまたこうして仕事、いえ、仕事ではありませんが、おつきあいできるのをうれしく思います」

廊下に人影が動いた。

「失礼いたします」

茶と菓子を運んで来た喜三郎の妻だ。

「真木様にはお久しゅうございます」

「うむ、息災《そくさい》でなによりだ」

はい、と茶碗と菓子の皿を置いて妻が出て行くと、喜三郎は頭を掻いた。

「いや、すみません、このような物しかなく……」

皿の菓子は茶饅頭だった。

「いや、饅頭けっこう」登一郎はそれを手に取る。

「町暮らしをして、饅頭の旨さがよくわかった。品《ひん》のよい干菓子《ひがし》よりよほど旨い」

「はあ、さようで。では、町でお暮らしというのは真なのですね。噂には聞いたのですが」

「うむ、真だ。そうだ、同役から話が聞けたら、訪ねて来てくれぬか。神田ののっぴき横丁という所だ」

「のっぴき横丁、なんと、あそこですか」

目を丸くする喜三郎に、登一郎も同じ顔になる。

「なんと、知っているか」

「はい、探索で町を歩くうちに、何度も耳にしました。のっぴきならなくなった人が、頼っていく所だと」

喜三郎は膝行《しっこう》して間合いを詰めると、ささやくように言った。

「ときには御大家の家臣や、我らのような武家も、密かに行くことがあるそうですよ」

「そうなのか」

「はい」と喜三郎は頷く。

ううむ、と登一郎は弛みそうになる口元を、ぐっと引き締めた。それはますます面白い……。

「わたしの家は、日本橋側から入って、左の四軒目だ。中間が一人いるだけだから、気兼ねなく訪ねてくれ」

「左の四軒目ですね、わかりました」

喜三郎の目元も、楽しげに揺れていた。

第四章　明かせない仕事

一

朝の音に、登一郎は耳を澄ませた。

横丁の者が外に出て、道を掃《は》いたり、水を撒《ま》いたりする音だ。

どれ、と登一郎も立ち上がる。

「水撒きでもするか」

土間の水桶を手に、外へと出た。

「ああ、いけませんよ、そのようなことはあたしが」

佐平が飛んで来るが、登一郎はかまわずにひしゃくを手にする。

「おはようございます」

向かいのお縁が箒を手に頭を下げる。

「おはようございます、いい天気ですな」

そう言って勢いよく水を撒いた。水が上に飛び、己の着物にもかかる。

同じように水を撒いていた利八が手を止めた。

「水を撒くときには、こうして、ひしゃくを横に向けるとようござんすよ」

ほう、と登一郎はそれを真似た。

「なるほど、かたじけない」

利八と顔を合わせ、水を撒き合う。と、利八が手を止めた。一松とおうめが手をつないで入って来た。そのおうめの手を、父親が引いている。

「あら」お縁が箒を持つ手を止めた。

「虎吉《とらきち》さん、お早いですね」

「へい、昨日、石がいっぱい届いて、石場は山積みになってるんで」

登一郎はほう、と見る。石場で働いているのか……。

深川の海辺には船で石が運ばれて来る石場がある。石を運ぶための男達が、そこで大勢働いている。

登一郎は水を撒きながら近寄って行った。

「さ、おいで」

お縁が二人の子の手を取る。

「そいじゃ、お願いしやす」

手を離すと、父は踵を返した。

その前に、利八が進み出た。

子らが家に入っていくのを見て、利八が口を開いた。

「子供がほしいっていう家が見つかったんですがね、やっぱり二人一緒ってのはなくて、別々になりますが、いいですかね」

「あ、へい」虎吉は頭を下げる。

「そいつは初めっから覚悟してたんで……それでも、あっしは家にいられないし、ふた親揃っているほうが、子にはいいに決まってるんで」

「そうか、まあ、身軽になったほうが、おまえさんも後添《のちぞ》いをもらいやすいってもんだ」

「ああ、いや」虎吉は首を振った。

「そいつは考えてやせん。あの世で待ってるおっかあに申し訳が立たねえし」

「ほお、そうかい」利八は頷く。

「まあ、そいじゃ、近々、相手をここに連れて来て子供らに会わせよう、虎吉さんも立ち会うかい」

虎吉はしばし口を結んでから、開いた。

「いえ、それは相手次第で……こっちの顔を見たいってんなら会うし、親はどうでもいいってんなら、都合のいいときに子供らと引き合わせてくだすってかまいません」

「そうかい、なら、とにかく話を進めるとしよう」

頷く利八に、虎吉はぺこりと頭を下げて、歩き出した。

ふうむ、と登一郎は横丁を出て行く背中を見送る。

それとすれ違いに、男が入って来た。黒い羽織に十手《じって》を差した町奉行所の同心だ。

「こりゃ、旦那、おはようございます」

利八が会釈をすると、

「おう、今日も変わりないな」

と、大声を上げた。

すると、一軒の戸が開いた。金貸し銀右衛門の家だ。

「ご苦労様です」

戸を大きく開けると、「うむ」と同心が入って行く。

ははぁ、と登一郎が一人頷いていると、利八が横に立った。

「北町の定町廻《じょうまちまわ》り亀岡玄太《かめおかげんた》様ですよ。この横丁はなにかと、あのお方の世話になっているんです。悪いお人ではありませんよ」

「ふむ、なので、心付けを渡しているのだな」

商家などは、同心や与力に付け届けをするのが常だ。町の倣《なら》いであり、法に触れるわけではない。

「ええ、本当なら差配をまかされている清兵衛さんのお役目でしょうが、清兵衛さんはご浪人とはいえお侍、そのようなことはちょっと、ということで銀右衛門さんにまかせているんです」

「ふむ、金のことは金に通じた者のほうがよかろう」

ええ、と利八は頷く。

そこに戸が開いて、亀岡が出て来た。

登一郎に気づいて、寄って来る。

「初めて見る顔だが」

ああ、と利八が手で示した。

「最近、家移《やうつ》りしていらしたんで」

「ほう」

亀岡は登一郎の目尻の皺を見つめる。亀岡には皺はない。

「ご浪人と見えるが」

年上への遠慮はあるものの、探るような眼だ。

登一郎はううむ、と胸中で唸った。身元を知られるのは面倒だ……。

「いや、隠居した身で」登一郎は顔を伏せがちにする。

「あちこち、具合が悪いもので、町で養生をすることにしたのだ。頭の具合もいまひとつでな」

「頭」

そうつぶやいて、亀岡は眉を寄せる。訝《いぶか》っているのが、その顔から伝わってくる。

よしよし、と思い、登一郎はわざと、頭を振って見せた。

「こうして振ると、音がするような……」

む、と亀岡があとずさる。訝る面持ちから、気味悪げな顔に変わった。

「ふ、ふむ、なれば、養生されることだ」

踵を返して、すたすたと歩き出した。

横丁を出て行くのを見送って、利八が呆《あき》れた目を向けてきた。

「頭で音、ですか」

「まあ」登一郎は肩をすくめた。

「そういうこともあろう」

ははあ、と利八は片頬だけで笑う。

「存外、この横丁になじみそうですな」

利八は小さく首を振って、家に戻って行った。

棒を持って待っていた登一郎の前に、金三がやって来た。

両手に大きな風呂敷包みを抱えたまま、頭を下げる。

「すいやせん、遅くなっちまって」

「いや、かまわぬ。その荷物はどうした」

へい、と金三は抱え直す。

「こいつは留の着替えでさ。長屋の隣同士を借りてたんですけど、店賃がもったいねえから、留の部屋は引き払ったんで。長屋は権造親方にも知られちまってるから、留が歩けるようになったら、別んとこに移ろうと思って」

「なるほど、それで留七さんの荷物を片付けたついでに、着替えを持って来たというわけか」

「へい、龍庵先生には荷物が増えて申し訳ねえこってすが」

「かまわんぞ」

半開きの戸が大きく開いて、龍庵が出て来た。

「怪我人が汚れた着物を着ているのはよくないからな、早速、着替えさせよう。手伝いなさい」

「へい」

金三は早足でそちらに行きながら、登一郎を振り向く。

「すぐに戻りやすんで」

「急がずともよい。今日は休みにしてもかまわんぞ」

首を振る登一郎に、金三は胸を張った。

「いんや、お願いしやす。あっしはもっと強くなりてえんで」

うむ、と登一郎は頷き、欲が出てきたな、とほくそ笑む。こうなると、めきめき腕が上がるものだ……。

金三はすぐに、棒を手に飛び出して来た。

二

夕刻の戸口に人影が立った。

おや、と登一郎が腰を上げると同時に、

「ごめんくだされ」

と、戸が開いた。

するり、と浦部喜三郎が入って来る。着流しにぞろりとした羽織の姿は、初めて江戸勤番になった藩士のようで、役人には見えない。

ほう、さすが徒目付だ、と登一郎は上がり框《がまち》に寄って行く。いつもこのようにして、町の探索をしていたのか……。

「よく来てくれた、さ、上がってくれ」

「はっ、お邪魔します」

喜三郎は座敷に上がると、かしこまった。

「いや、楽にしてくれ、わたしはもうただの隠居だ」

は、と面持ちを和らげると、佐平が運んで来た茶碗を手に取った。ふう、と茶をすすってひと息吐くと、その顔を上げた。身を乗り出す登一郎に、喜三郎も同様にして、間合いを狭めた。

「わかりました。五年前のことでした」喜三郎は低い声で告げる。

「栗田様は、駕籠屋の権造とはずっと以前からのつきあいがあったようです。時折、訪れては心付けを受け取っていたようで」

「ふむ、そうか。まあ、それ自体はよくあること」

「はい。ですが、ある事が起きました。大川河口の岸辺に頭のない土左衛門《どざえもん》が上がったのです」

「頭がない……落とされていたのか」

「はい、ですから水死体というより、殺されてのちに川に捨てられた、というもので、重しとして石が括《くく》りつけられていたそうです」

「石……上がらないようにしたのだな」

「ええ、されど、そうしても日が経てば膨らんで上がるのが常。その土左衛門も膨らんでいたそうです」

「ふうむ、となると、身元がわからないか」

「いえ、それが、初めは首なしだったためにわからなかったので、川岸に晒《さら》されたそうです」

　川や海で上がった遺体で身元が不明の場合は、知った者を探す目的で、数日間、その場に置かれる。

「で、すぐにわかりました。その土左衛門には肩から脚まで入れ墨が彫られてたんです。その入れ墨文様《もんよう》を覚えていた者が、町奉行所に届けたそうです」

「ほう、そうか、それほどの入れ墨をしているということは、駕籠かきか」

「はい、雲助として知られた男だったそうで、それが権造の所の駕籠かきだったんです」

「なるほど」登一郎は手を打つ。

「それが事、だな」

「はい。なので、権造がお呼び出しを受けました。首は見つからないままだったものの、入れ墨で雇い者の駕籠かき、勝太《かった》であると認めたそうです。何日か前から姿をくらましていた、と言ったそうです」

「姿を……自ら逃げ出した、ということか」

「ええ、権造はそう言ったそうです。質《たち》のよくない遊び仲間がいたから、諍いになって殺されたのだろう、と」

「ふうむ」登一郎は顎を撫でる。

「確かに、それはありそうなことではあるがな」

「ええ、なので、町奉行所のほうで、その遊び仲間を当たったそうです。怪しいといえば誰もが怪しい、というわけで。ですが、決め手はなく、やったと認めた者はいなかった」

「ふうむ、殺しをすれば死罪、たやすく口は割るまい」

「いかにも……ですが、出たのです、密告者が」

「密告」

膝を進める登一郎に喜三郎が頷く。

「勝太の片棒を担いでいた駕籠かきで、孫六《まごろく》という男が、町奉行所に、投げ文を投げ込んだのです。そこには、殺したのは権造に違いない、と書かれていたそうです」

「なんと」

はい、と喜三郎は乗り出していた身を戻した。

「なので、すぐにまた権造を呼び出し、同時に、孫六も呼び出そうとしたのですが、どこにもいない。それこそ、姿をくらませてしまったそうです」

「ふうむ、だが、権造が罪を認めれば落着《らくちゃく》であろう」

殺人や強盗などの重罪は、当人の自白が裁可《さいか》を下すための要件とされている。

「いや、待て」登一郎は顔を歪める。

「たやすく認めるはずはないか」

「はい。頑《がん》として認めず、で。そもそも、投げ文も権造に違いない、という書き方で見たわけではない。孫六の思い込み、ともとれる内容ゆえ、権造は孫六が自分を陥《おとしい》れようとしてやったことだ、と言い張ったそうです」

「ううむ……孫六はどうなったのだ」

「行方知れずのままで……報復を恐れて、江戸から出奔したのだろう、と考えられたようです」

当人が認めなくとも、見た、聞いたなどの確かな証人があれば、罪に問うことはできる。が、詮議《せんぎ》の場で述べることが求められる。

ううむ、と登一郎は眉を寄せた。

「もしや、その詮議に当たったのが与力の栗田殿であった、ということか」

「はい、その頃、吟味方与力の助役だったそうで、権造の放免《ほうめん》を唱えたそうです。権造には殺す目的がない、として」

「なるほど……しかし、町奉行所の中には、その裁可に納得しない者がいたのだな。

そこから、御目付に伝わった、と」

「そのようです。で、栗田様を調べることにしたのが藤村様で、配下の徒目付に探索に当たらせた……その徒目付、我が家とのつきあいは祖父の代からなので、そっと、今述べた仔細《しさい》を教えてくれました。結句、栗田様の判断が通った、ということも」

そうか、と登一郎は頷いた。

「いや、ようわかった。かたじけないことであった」

いえ、と喜三郎は面持ちを弛めるとゆっくりと腰を上げた。

「また、なにかありましたら、お声をおかけください」

片目を細めてそうささやいた。


「ごめん」登一郎は新吉の家の戸に手をかけた。

「新吉さん、おられるか」

中から音がして、戸が開く。

「あら」

開けたのはおみねだった。おみねの目がちらりと上に向く。

二階から、男の声が聞こえてきていた。

登一郎は声を高くした。

「先日、新吉さんに問われたことがわかってな、伝えに来たのだ」

上の声がやむ。

「ちょっとお待ちを」

おみねは中に戻ると、二階に上がって行った。と、すぐに新吉とともに戻って来た。

「や、これは先生」

新吉は手を上げて、「さ、どうぞ」と招いた。

登一郎が座敷に上がると、おみねは広げていた紙を片付けた。なにやら絵が描かれている。気にかけない振りをして、登一郎は新吉と向き合った。

「実はな、先日訊かれた栗田という与力のこと、わかったのだ」

言いながら、登一郎は耳を澄ませる。階段がきしむ音がする。誰かが、そっと下りて来ているようだった。それは、下でやんだ。

「なにがわかったんですか」

新吉が拳を握る。

「うむ、五年前のこと……」

登一郎は、喜三郎から聞いたばかりの土左衛門のことを話す。

「ああ」新吉は頷いた。

「あたしもその土左衛門、見ましたよ。肩から脚まで入れ墨が彫られていて、いかにも駕籠かきというふうでした」

「ほう、見たのか」

「ええ、権造の所の若い者だと、すぐに噂になりました。権造にやられたんじゃないかって言う者もいて」

「ううむ、そうであったか。では、投げ文をした者がいた、という話は知っていようか」

「ああ、そこは噂になったんですが、はっきりしなかったんです。本当だったんですかい」

ふむ、と登一郎は聞いたことを話す。

すべてを聞き終わった新吉は、やっぱり、とつぶやいた。

「今回、調べたこととおんなじです」

「調べたのか」

「あ、いえ」新吉は首を振りかけて、それを頷きに変えた。

「まあ、ちょっと……権造ってのは、前々から評判が悪くて、乱暴だわ、横暴だわの、一筋縄《ひとすじなわ》じゃあいかない男のようで……おまけに雇い人にはケチなくせに役人には大盤振る舞いをするってえ話でした」

「ほう、事あるときのために、だな……して、それが功《こう》を奏《そう》した、と」

登一郎の言葉に、新吉が頷く。

「そういうこってすね、いや、ありがとうございました」

「ふうむ」登一郎が腕を組む。

「して、この話、どう使うのだ。利八さんの代わりに、今度は新吉さんが弱みを握って談判する、ということか」

「あ、それは……」

新吉は後ろのおみねを小さく振り返った。

横を向いていたおみねは、膝を回すと、登一郎に向き直った。

「そんなようなもんです。利八さんは真っ向からいくけど、うちの人は脇からいくんですよ」

「脇から」

首をひねると、おみねは小さく笑った。

「そこは、じきにわかりますから」

新吉も頷く。

「もうちっと、お待ちください」

それ以上は問うな、という目顔に、登一郎は黙った。

「うむ、わかった」

と、頷くしかない。

階段下で止まっていた足音が、そっと上に上がっていくのが聞こえていた。

三

神田を出た登一郎は、大川の河口に向かっていた。

道の先に、川面が見えている。

駕籠屋の場所を問うた登一郎に、金三は〈川端町《かわばたちょう》でさ〉と答えていた。

大川の畔《ほとり》にある川端町を歩くと、ほどなく目当てが見つかった。金三が言ったとおりの道に、広い間口の家があった。半間ほど、戸が開いている。

登一郎が覗くと、広い土間に若い男がいた。

人の気配に気づいたか、振り返った男に、登一郎は口を開いた。

「ここは駕籠屋と聞いたのだが」

男が近づいて来る。硬そうな髪の毛が鬢《びん》から飛び出し、ほつれ、絵に描かれる悪党のように乱れている。男は太い眉を歪めて登一郎を見た。

「そうでさ、けど、駕籠は出払ってますぜ。使いたいんなら、永代橋《えいたいばし》の橋詰《はしづめ》に行きゃあ、つかまえられますぜ」

「ふむ、さようか」

登一郎は頷きながら、家の中を見回す。広い土間の片隅に、駕籠かきが使う棒が何本も立てかけられている。なるほど、と登一郎は得心した。金三と留七はこれでやられたのだな……。と、その目を動かした。

奥から男が現れ、やって来る。

「熊五郎《くまごろう》、まだいたのか」

「あ、親方」

男はそちらに寄って行く。

登一郎は目をこらした。あの男が権造か……。

薄暗い板間に立つ権造は、背は低めだが、厳《いか》つい身体つきなのがわかった。顔もごつい。その目がぎろり、とこちらを見た。

登一郎はその場を離れて歩き出した。

川沿いの道を進むと、永代橋の橋詰に出た。

広小路の隅に三台の駕籠が置かれており、担ぎ棒にもたれたり、しゃがみ込んだりしている駕籠かきらがいた。皆、腕や脚に入れ墨が見える。

登一郎が、派手な入れ墨をした駕籠かきに近寄って行くと、男はもたれかかっていた身を起こした。

「お、旦那、駕籠ですかい、深川でも洲崎《すさき》でも、ちょちょいと行きますぜ」

深川の先に木場《きば》があり、その南に海に突き出た洲崎がある。景色がよいため、遊びに行く者も多い。

「ううむ」と登一郎は、辺りを見回した。

「以前、勝太と孫六という駕籠かきがいたであろう。わたしはよくその者らの駕籠に乗ったのだが」

駕籠かきの顔が歪んだ。

「さあ、知りやせんね」

相棒もそっぽを向く。

そこに「旦那」と、横から声がかかった。

しゃがんでいた駕籠かきが立ち上がりながら、口を動かす。

「知ってますぜ」

と、その口は動いた。

登一郎がそちらに行くと、

「さ、乗っておくんなさい」

と、駕籠を示した。その顔は、ここでは話せない、というように、小さく横に振られた。

「ふむ、では深川の永代寺《えいたいじ》に行ってくれ」

登一郎は駕籠に乗り込む。

「合点《がってん》、ちゃんとつかまってくだせえよ」

うむ、と上から下がった紐を握る。駕籠が持ち上がり、駕籠かきのかけ声が上がった。

登一郎は紐を握りしめる。町の駕籠に乗ったのは初めてだ。

駕籠はすぐに永代橋を渡り始めた。河口にあるため、大川に架かる橋のなかで一番の長さだ。

駕籠に揺られながら、登一郎は大川の川面を見た。

その脳裏に、三十五年前の光景が甦った。

〈永代橋が落ちたぞ〉

剣術道場に飛び込んで来た知らせに、十二歳だった登一郎は皆とともに走った。

八月十九日。深川の富岡八幡宮《とみおかはちまんぐう》の祭礼の日だった。

川に着くと、橋が途中からなくなっており、大勢の人々が川でもがいていた。岸辺からも船からも助けの手が伸びるが、それをつかめずに流されていく人々も多い。

登一郎も岸辺に下り、川に入って手を伸ばした。が、その少し先を、子供が流されていく。川は雨で増水していた。

役人らも駆けつけ、怒号が飛び交う。

人々を助ける男達のなかから、

〈ちくしょう、御座船《ござぶね》のせいだ〉

〈ああ、渡りを止められなきゃ、こんなことにはならなかったのに〉

という声が上がった。

話はすぐに明らかになった。

祭りに行く人々が橋を渡っていると、急に通行止めになった。橋の下を御座船が通るため、という説明だった。徳川家御三卿《ごさんきょう》の一橋《ひとつばし》家の当主が乗る御座船が下って来たのだ。徳川様の上を通るなどとんでもない、として、橋の渡りは止められた。

御座船が通り過ぎるのを待つあいだ、人々は橋詰にどんどんと溜まっていった。やっと御座船が行き、通行止めが解かれると、溜まっていた人々は一気に橋を渡り出した。その重さで、橋が崩れたのだ。

助け出された人も多かったが、冷たい身体で引き上げられた人も多かった。海に流され、何日も経ってから岸に打ち上げられた人々も少なくなかった。死亡と行方知れずの数は、千四百人にも上った。

岸辺に並べられた人々の姿を見て、登一郎は歯ぎしりをしたのを思い出す。

御座船が通るのはほんのひとときのこと、渡り止めなどにせず、黙って通せばよかったものを……。

そのとき、腹の底が熱くなったことが甦ってくる。

身分にこだわって大勢を死なせるなど……。呑み込んだ思いは、そのときのまま、腹で熱さを保っている。登一郎は駕籠に揺られながら、唇を嚙んだ。

すでに橋は渡り終え、深川の町を駕籠は跳ねるように進んでいた。

永代寺の参道の手前で、駕籠は緩《ゆる》やかに止まった。

「ここでいいですかい」

「うむ」

登一郎は駕籠から下りると、懐の巾着を取り出しながら、二人を見た。

「団子でも食わぬか」

「お、こりゃありがてえ」

「ごちになりやす」

すぐ近くの水茶屋へと、歩き出す。

三人並んで緋毛氈《ひもうせん》に腰を下ろすと、若い駕籠かきは大口を開けてみたらし団子を頰張った。

「うめぇ」

二人は目を細めて頷き合うと、たちまちに二本を平らげた。

いい食べっぷりだ、と登一郎は目を細める。しかしそうか、駕籠を担いで走るのだから、腹が減るのは道理……。

「頼む」

と、登一郎は茶屋の娘に団子を追加した。

「あ、今度は焼き団子で」

二人が茶屋の娘に言う。

「甘いのとしょっぱいのを、代わり番こに食うのがいいんで」

男の笑顔に登一郎もつられ、みたらし団子を頬張った。二人にはすぐに焼き団子が運ばれた。

「して」登一郎は駕籠かきを見る。

「勝太と孫六を知っているのだな」

「ああ、へい。さっき、それを聞いた二人は権造親方のとこのやつらだから、知らぬ振りをしたんでさ。あっこのもんはしゃべったりしやせん。下手なことを言ったら、今度はてめえが川に浮かんじまう。けど、あっしらは権造親方とは関わりがねえんで」

「ほう、そうなのか。しかし、勝太のこと、知ってはいるのだな」

「そりゃあ」男は口についたみたらしの蜜を拭いながら頷く。

「駕籠かき同士は、仲が悪いのもいるけど、仲間みてえにしているのも多いんで。あっしら、勝太、孫六の二人とはよくしゃべったもんでさ」

「そうそう」隣の男も頷く。

「勝太は調子よくって、口の回るやつだった」

「ふむ、それがなにゆえに土左衛門となったのか、聞いているか」

「いや、確かなことはわからねえが、なにか権造の気に入らないことをして、痛い目に遭わされたんだろうって噂でした。権造はなにかってえと、手を上げるし、あっこは、ならずもんもいるから、いきおいでやっちまえば、命だって取られかねないって、みんなで言い合ったもんでさ」

相棒も相づちを打つ。

「そうそう、勝太のほうも頭に血が上りやすい質《たち》だし、物を掠めたりくすねたりするから、なにが起きてもおかしくねえってね」

「なるほど。それと、相棒の孫六はそのあと姿を消したということだが、それは真なのか」

「ああ」隣の男が話を受ける。

「相棒がいなくなったから、駕籠かきはあきらめたんでしょう。棒を担ぐのは、息が合わなきゃできねえんで、誰でもいいってわけじゃねえんでさ。江戸を出て、東海道を上って行くのを見たやつがいるって、当時、噂を聞きやしたぜ」

「ああ」もう一人が小さく首をひねる。

「ありゃ、江戸から逃げたって話だぜ。なんでも、権造親方のことを奉行所に告げたってんで。そんなことをすりゃ、命を取られるのは間違いねえからな」

　隣の男が首を伸ばす。

「告げ口をしたって話、おれも聞いたけど、ほんとなのかよ。そのわりには権造親方、捕まらなかったじゃねえか」

「いや、そいつはあれさ、役人への付け届けが効いたってこった」

　ううむ、と登一郎は眉をひそめる。

「付け届けのことも知れ渡っているのだな」

「へい、みんな知ってまさ。なにしろ、権造親方は気が荒くて駕籠かきを殴る蹴るはしょっちゅう、それを訴えられたときのための用心だろうって、みんな、言ってまさ」

　ふうむ……。登一郎は怪我を負わされた留七と金三を思い出す。

「なるほど、いや、よくわかった、礼を言う」

　登一郎は手をつけていなかった二本の焼き団子を二人に差し出すと、娘に声をかけた。

「こちらに、またみたらし団子を頼む」

　焼き団子を頬張りながら、二人は頭を下げる。

「や、こりゃどうも」

「甘いしょっぱいは、いくらでも食えるな」

笑顔で見上げる二人に、登一郎は頷いて背を向けた。


新吉の家の戸に「ごめん」と登一郎は声をかけた。

二階の窓が開き、新吉が顔を出す。

「今、行きます」

階段の音が鳴って、すぐに戸は開いた。

「はい、なんでしょう、どうぞ」

土間に招き入れられた登一郎は、その目で奥を見た。おみねが文机に向かって絵筆を動かしている。

「また、なにか」

新吉の問いに、登一郎は喉を整えた。

「うむ、実は駕籠かきに話を聞いたのだ……」

聞き知ったことを話す。

「ああ」新吉は頷いた。

「その話は、あたしも駕籠かき連中から聞きました。当時も聞いたんですけど、また改めて」

「ほう、そうであったか、なれば、わたしの話は無用であったな」

「あ、いや」新吉は首を振る。

「話の数は多いほうがいいんで助かります。わざわざ知らせてくだすって、恐れ入ります」

多いほうがいい、とはどういうことか、と登一郎は言葉を喉から口に上げようとする。が、その前に、新吉が言葉を出した。

「けど、なんでまた、先生はそんな話を聞きに行ったんで……」

「ああ、いや」登一郎は声を詰まらせ、それを咳に変えた。

「その、乗りかかった船というであろう、それだ」

「はあ、さいで……」

眉が寄る新吉に、登一郎はふっと息を吐いた。

「いや、実を申せば、暇ゆえ、だ」

新吉の眉間が弛む。

「そうですか、なら、こっちも気兼ねしません、ありがとうござんした」

深々と頭を下げられ、

「いや、邪魔をした」

と踵を返す。

人の声が聞こえてくる二階をちらりと見つつ、登一郎は外へと出た。

四

朝の水撒きをしていた登一郎がその手を止めた。
表から利八が人を連れて入って来る。やや年のいった夫婦だ。
家の前で立ち話を始めると、すぐにお縁が出て来た。
お縁が加わり、三人は四人になって話を始める。
すると、そこに別の三人がやって来た。虎吉とおうめ、一松の親子だ。
すぐにお縁が手招きをして、七人の輪ができた。
夫婦の男が腰をかがめて、おうめに顔を近づけた。
なるほど、と登一郎は手を止めたまま見る。女の子がほしいという夫婦なのだな
……。

「名はなんというんだい」

問いかけに、おうめはぷいと横を向いた。

「これ」虎吉が背中を突く。

「ちゃんと言うんだ」

おうめはそれにも応じずに、お縁を見上げた。

「おばちゃん、厠に行きたい。おしっこ、もれそう」

あら、とお縁は慌てておうめの手を取る。

「さ、じゃ、おいで」

小さな手を引いて家の中に入って行くと、一松もそれに続いた。

虎松が首筋を掻きながら、頭を下げる。

「いやぁ、ふだんはあんなじゃないんですけど」

夫婦は小さく歪めた顔を見合わせた。ひそひそと話す夫婦に、もう一度頭を下げると、虎吉は横丁を小走りに出ていった。

夫婦は利八に向けて首を横に振る。

利八もそれに向けて頷くと、夫婦を表に送って行った。

ふむ、と登一郎はそれを見送る。養子の縁組というのは、案外、難しいものなのだな……。

お縁の家の中から、抑えた泣き声が聞こえてきた。

夕刻の戸に「ごめん」という声がかかり、登一郎は慌てて土間へと下りた。

この声は、と戸を開けると、思ったとおり立っていたのは遠山金四郎だった。横には清兵衛もいる。

「や、これは」

驚く登一郎に、金四郎は手にしていた大徳利を掲げて見せた。

「いかがか」

清兵衛も横でにっと笑う。登一郎は、

「それはもう、ささ、どうぞ」

と二人を招き入れた。

「いや、このあいだはすっかり馳走になってしまったのでな」

金四郎はやって来た佐平に、大徳利を渡すと、おおらかに胡座《あぐら》をかいた。

「それに、この家はよい」

金四郎は右と左を見る。

弁天の家からは祈禱の声と鈴の音が聞こえてくる。

反対の錠前屋からは鑿《のみ》を打つ音が響いてくる。

「ここは気兼ねなく話ができる」

金四郎の言葉に清兵衛が頷く。

「わたしの家は表に沿って窓があるゆえ、いつも声をひそめて話をしていたのだ」

「さよう、窓から離れた壁際でな」金四郎が笑う。

「しかし、先日、この家に上げてもらったら、そんな気遣いはいらぬし、両隣からもよい音消しが入るしで、気に入ったのだ」

「なるほど」登一郎は手を打つ。

「いや、わたしは煩わしく思うていたが、そう言われるとよい音に思えてきます。なれば、いつでも来てくだされ」

「うむ、ありがたい、この横丁で酒を飲むのが、よい気晴らしになるのだ」

金四郎は身体を揺らす。

佐平が膳を並べていく。上に乗った小鉢と皿には、煮豆やら糠漬《ぬかづ》けやらが盛られている。

「とりあえず、あり合わせですいません」

慌ただしく台所に戻った佐平は、すぐに燗酒を持って来た。

三人は酒の匂いが立つぐい呑みを手にした。

「いや、気兼ねなく飲めるのはよい」

金四郎の顔に赤味が差していく。

清兵衛も機嫌よく飲みつつ、金四郎を横目で見た。

「やっかいなお役目を負わされて、金さんは気疲れが多そうだ」

「ああ」金四郎は手酌で酒を注ぐ。

「矢部殿はひどく立腹して、罪を問われるいわれなどない、と周囲に言うているそうだ」

南町奉行を罷免された矢部定謙の評定は、まだ続いていた。

「最近は目付の榊原《さかきばら》殿まで高飛車《たかびしゃ》になってきてな、鳥居耀蔵に取り入ろうとする魂《こん》胆《たん》があからさまなのだ」

金四郎の言葉に、清兵衛が肩をすくめる。

「鳥居に取り入る、か」

「駄酒落《だじゃれ》ではないぞ」金四郎は苦笑する。

「力を持つ者にすり寄るのが世の常とはいえ、むしゃくしゃしてくるわ」

金四郎は、ふう、と息を吐く。

「もっとも、鳥居耀蔵も所詮《しょせん》、水野様の手駒《てごま》だがな」

「水野様は」登一郎は口を曲げる。

「領地替えを矢部殿に阻止されたのを根に持っているのでしょうな」

あ、と清兵衛が口を開いた。

「あの三方領地替えのことか」

天保十一年、出羽国《でわのくに》の庄内藩《しょうないはん》は長岡藩《ながおかはん》への転封《てんぽう》を命じられた。

「あれはそもそも川越の殿様の策略だったのであろう。多額の借財を豊かな庄内に移って解消しようという」

川越藩主松平斉典《なりつね》は、度重《たびかさ》なる転封によって積もった借財二十三万六千両に頭を抱えていた。そこで、考えたのが、豊かな藩に移ることだった。庄内藩は表向き十四万石だが、織物などの産業が盛んなことから実質は二十一万石といわれていた。

「おう」金四郎は頷く。

「斉典侯はそのために、男子がおられたにもかかわらず、当時将軍であられた家斉公の御子を養子にしたのだ。確か、五十一、二番目、の御子だったか」

「うむ」登一郎が言葉をつなぐ。

「五十二番目の男子紀五郎《きごろう》様だ。松平家に入って斉省《なりさだ》様を名乗られた。そのことで将軍家に近くなり、家格も上がったのだ。水野様と近しくなったのも、そのことが大きいはず」

「ほう」清兵衛は目を見開く。

「さすが、元御奉行、お城のことに詳しい……なれば、水野様の口利きで、転封が叶ったというわけか」

「ああ」金四郎は顔を歪める。

「上様は大御所様になられたが、将軍を継がれた家慶公ともども、水野様を頼りにされていたからな、進言を聞き入れたのだろう。だが、庄内藩にしてみれば、とんでもない話だ。庄内藩は領主から家臣、領民の結束《けっそく》が強いらしくてな、たちまちに強い反対の声が上がった」

　ふむ、と登一郎が頷く。

「なにしろ、庄内藩は越後《えちご》の長岡藩に移れ、と命じられたのだ。で、長岡藩は川越に行け、と。いや、あのときの庄内藩の抵抗は激しかった」

　転封を命じられたのは十一年十一月、翌十二月には、庄内藩の家臣と領民が一致団結し、命令に抗して直訴《じきそ》を開始した。江戸に出て来て、水野を含め、老中や重臣に取り下げを願い出たのだ。

登一郎は身を乗り出す。

「その折に、領民に味方をしたのが佐藤藤佐《さとうとうすけ》であった。この者、公事師をしていたのだが、勘定ごとに詳しいため、あちこちの旗本の相談にも乗っていた。おまけに実直で正義の気概が強い。領民を匿《かくま》い、直訴の仕方などを指南して、誰に、どの順で直訴するかなどを指示したそうだ」

「へえ」清兵衛は首を伸ばした。

「そら、立派なもんだ」

清兵衛の口調《くちょう》が砕けてくる。

「おう、佐藤殿は大した男だ」金四郎は膝を打つ。

「そんな気風だから、矢部殿と意気が合ったのだろう、二人はもとより知己《ちき》だったのだ。しかし、水野様はそれを知らなかった。南町奉行に就いた矢部殿に、佐藤藤佐を詮議せよ、と命じたときたもんだ」

金四郎の語調も、清兵衛につられて町言葉のようになってくる。

昔はこのように気安く話していたのだな、と登一郎は二人を見た。

「ほう、そいつは面白い」

清兵衛も膝を叩いた。

おう、と金四郎が笑顔になる。

「佐藤藤佐は詮議の場で、知っていることを矢部殿に話したのだ。川越の殿様は、養子の御子を生んだお部屋様とも近しくなっていた。で、そちらからも、転封の話を進めてもらうように、頼んでいたというのだ」

「へえ」清兵衛は片頬で笑う。

「なんとも、抜かりがないな。大奥と老中を味方につければ怖いものなし、ということか」

「うむ」登一郎は頷く。

「しかし、それを知った矢部殿は、それをほかの御老中や重臣方に報告したのだ。で、水野様は三日間の登城遠慮を命じられた」

「さよう」金四郎は愉快そうに膝を打つ。

「その三日のあいだに会議が開かれてな、転封の儀は水野忠邦の専断《せんだん》であった、と裁可されたのだ。で、三方領地替えは撤回されたわけだ」

うむうむ、と登一郎も目元を弛める。

「まあ、その前に、年明けてすぐに大御所様が亡くなられていたし、五月には養子の斉省様も亡くなられたゆえ、話を覆《くつがえ》すにはよい流れであったともいえよう、が、矢部殿の報告が決め手になったのは間違いない。佐藤殿も矢部殿も、重臣方に三方領地替えの理不尽を訴えたそうだし」

「さよう」金四郎が頷く。

「その言《げん》は筋道が通っていて、聞いた人らは納得したそうだ。そもそも、そんな己の都合で領地替え、なんてことを許しちゃいかんのだ」

「あ、だが」清兵衛は首をかしげる。

「水野忠邦自身が、それをやったのだろう」

「ああ、それもあった」金四郎が顔をしかめる。

「水野様は九州の唐津藩《からつはん》の領主であったのを、浜松藩《はままつはん》に国替えをしてもらったのだ。唐津二十五万三千石から浜松十五万三千石になったので、家臣らはえらく反対したそうだ。が、なにしろ浜松は徳川家の始まりである駿府《すんぷ》のお膝元。水野様は将軍家に近づき、出世を叶えたという仕儀だ。まあ、そのためにずいぶんと金を使ったらしいが」

ふん、と清兵衛は口を尖らせる。

「出世のためなら手段は問わず、と、それが今に通じているのか。しかし、わかった、矢部様が恨みを買ったのは、そういうことだったか」

うむ、と登一郎は声をひそめた。

「おそらく水野様は川越藩主から、相応の物を受け取っていたのだ、とわたしは思う。それゆえ、面目《めんぼく》を潰されたと、腹を立てたのだろう」

「ああ」金四郎の眉が寄る。

「間違いない。水野様はそのあと庄内藩はじめ、領地替えに異を唱えた藩につぎつぎと金のかかる工事を命じていた。あれは腹いせ以外のものではない」

ふうん、と清兵衛が鼻に皺を寄せる。

「鳥居耀蔵が妖怪なら、水野忠邦はその親分てことだな。で、そのまわりには子分がぞろぞろ群がっている、と。金さん、大丈夫か」

ううむ、と金四郎は首をひねる。

「いや、奮闘はしている、しているんだが……」

燗酒の匂いが漂ってくる。

盆を持って、佐平がやって来た。

「はい、またお燗がつきました。今、卵も焼いてますんで」

おう、と皆の顔が弛む。

「さ、金さん、飲むに限る」

清兵衛が酒を注ぐ。

おう、とすぐに空になったぐい呑みに、今度は登一郎が酒を注いだ。

皆の顔が赤く染まっていった。

五

二階の窓を少し開けて、登一郎は横丁を眺めていた。朝の慌ただしさはすでに消え、静かになった小路に錠前屋の鑿の音が響く。窓を閉めようと手をかけた登一郎は、おや、とそれを止めた。

暦売りの家から人が出て来る。新吉を先頭にした納豆売りと煮売り屋の三人だ。それぞれに風呂敷包みを小脇に抱え、こちらに背を向けると、反対側から横丁を出て行った。

ふうむ、どこへ行くのか……。思いつつも、窓を閉めた。

その窓辺で書物を手にすると、登一郎は読み始めた。と、まもなく下から声が上がった。

「先生、おられるか」

窓を開けると、清兵衛が見上げていた。

「今、参る」

登一郎は階段を下りていく。清兵衛は戸を開けて、土間に入っていた。

「中食に誘いに来たのだ」

にっと笑う。もとよりかしこまらない物言いだったが、金四郎と三人で飲んでから、さらに気安くなっていた。

「おう」と登一郎もつられる。

「それはよい」

身支度をすると、連れだって外へと出た。

「なじみの店がおありか」

登一郎の問いに、清兵衛は、いや、とつぶやく。

「ちと行きたい所があるのだ」

ふむ、と登一郎は清兵衛に付いて行く。

すると、両国広小路にほど近い辻で立ち止まった。そのまま、足を止める清兵衛を、登一郎は覗き込んだ。それに対して、清兵衛は片目を細めた。

うむむ、なにがあるというのだ、と辺りを見まわす登一郎に、「そら」と清兵衛が手を上げた。

道の向こうから、笠《かさ》を被《かぶ》った二人の男が現れ、辻の隅で立ち止まった。

二人とも、腕に紙の束を持っている。

一人が声を張り上げた。

「さあ、お立ち寄り、摺《す》りたての読売《よみうり》だ」

たちまちに人が寄って行く。

清兵衛が近寄るのに登一郎も続いた。

「なんと、駕籠屋の悪事の発覚だ。駕籠かきの若いもんを殴る蹴るして、足の骨まで折りやがった」

え、と登一郎は隣の清兵衛を見る。横目で頷くが、清兵衛は読売を見つめる。読売の男は笠で顔は見えないものの、大きく動く口だけは窺えた。

「この駕籠屋の親方、しみったれで知られた男、駕籠かきとは、上がりを割で分けるんだが、それを大きく取るのが常、それはあんまりと文句を言ったら、雇いの荒くれ者に半殺しの目に遭わされたってえからひでえ話だ」

これは、金三と留七のことではないか、と登一郎は唾を呑む。

「けれど、驚くのはここじゃない、その駕籠屋の親方、もっとひどいことをしてたのがわかった。みんな、五年前、大川の岸に雲助の首なし土左衛門が上がったのを覚えているか」

「おう」と囲んだ人々から声が上がる。

「おれぁ、見たぜ」

「おう、あっしも見た」

「見た見た、ありゃ、ひどかったな」

「そうだろう」読売が皆を見渡す。

「あたしもこの目で見た、読売でも知らせたがね」

少し、顎を上げてから頷く。

あっ、と登一郎は垣間見えたその顔に息を呑んだ。新吉だ……。声はいつもの声と違うが、改めて見れば、間違いない。

「その土左衛門、実はしみったれ親方のとこの駕籠かきだった。そいつがわかって吟味を受けたが、なにも知らないと親方は平然と言い張った。恐れ知らずだったのは、その親方、しみったれのくせに日頃からお役人への付け届けは欠かしちゃいなかったからだった。しみったれ親方は、役人のイガ栗と昵懇《じっこん》だった、まあ、そのへんはよくあること」

「おう」

と声が上がる。

「役人の子はにぎにぎをよく覚え、だ」

皆の笑いが起きる。

「ところがところが」新吉が手を振り上げる。

「町奉行所に投げ文が投げ込まれた。殺《や》ったのは、しみったれ親方にちげえねえっていう告げ口だ。どうやら、片棒を担いでた相棒が告げたらしい」

「へえ」

「そうだったのかい」

「そんなことがあったのか」

男達の声が飛び交う。

「おうよ」新吉は頷く。

「だが、その相棒、仕返しを恐れてすぐに江戸から逃げ出した」

「そら、そうだろう」

「次はてめえだと思いや、逃げるわな」

　客らの声に新吉も頷く。

「まあ、しかたがない。だが、紙っぺら一枚じゃあ証として取り上げてもらえない、しみったれ親方はやっぱり知らぬ存ぜぬだ。なにしろ、吟味に当たったのは、昵懇のイガ栗だった」

「そういうことか」

「汚えぞ」

　男達の声に、新吉は頷いた声を張り上げた。

「その結末はここに書いてある、さあ、買った買った」

　新吉は腕に載せた束から一枚を取り上げると、頭上でひらひらと振った。文字だけでなく、絵も添えられているのが見て取れた。

　新吉の隣に立っていた男が進み出ると、読売を載せた腕を上げた。

「おう、くれ」

「こっちもだ」

　次々に客の手が伸びて、読売を持って行く。

「わたしも買ってくる」

　登一郎はそう言うと、人波に紛れ込んだ。

金を払って受け取ると、登一郎は笠の内を覗き込んだ。

やはり、煮売り屋か……。

新吉の家に出入りしていた煮売り屋だった。

登一郎は人に押されて、すぐに人混みを離れた。

手にした読売を見ながら、清兵衛の元に戻る。と、音が鳴った。指笛《ゆびぶえ》だとわかり、そちらに目を向ける。

やはり笠をかぶっているが、登一郎には納豆売りだとわかった。

指笛の音とともに、新吉と煮売り屋は人混みをかき分けた。客らもたちまちに散って行く。

笠をかぶった三人は走り出し、すぐに辻を曲がって姿を消した。

そこに役人が走って来た。

十手を振り回しながら、四方を見回す。

客は皆、背を向け、買った読売を懐にしまって早足で散って行く。

登一郎も慌てて懐に入れた。

「さ、行こう」

清兵衛に促され、早足でその場を離れた。

しばらく歩いてから、清兵衛はにやりと笑って登一郎を見た。

「うむ」登一郎が頷く。

「わかった、こういうことであったか」

片目を細めて、同じようににやりとした。

清兵衛は辺りを見回すと、一軒の飯屋を指さした。

「あそこに入ろう」

中に入ると、小上がりには何組かの男達がいた。顔を突き合わせて、読売を覗き込んでいる。

登一郎と清兵衛は、三人組の男達の横に上がり込んだ。

清兵衛が注文をするあいだ、登一郎は読売を取り出して広げた。

新吉の話したことがより詳しく書いてあり、イガ栗の力で無罪放免になった、と結末は記されていた。

「名は伏せてあるのだな」

登一郎がつぶやくと、清兵衛は読売を指さした。

「ああ、名まで出すと障りが大きくなるからな。その代わりが絵だ」

左上と右下に、絵が入っている。

左上の絵は川の畔《ほとり》に五本の柳の木が並んで、枝を揺らしているようすだ。

あ、と登一郎は目を見開く。これを描いたのはおみねさんだな……。家に上がったときに、目に入った絵柄と似ていた。

「こりゃあ」後ろから男の声が聞こえてきた。

「川端ってこったな」

「ああ、浜町《はまちょう》の近くに川端町ってのがあるぜ」

「じゃ、この五本の柳はなんでえ」

「そうだな、柳がつく名前かな柳田《やなぎだ》とか柳井《やない》とか」

「役人の名前ってことかい、けど、川端町とつながらねえぜ……五、のほうじゃねえか」

「ああ、五右衛門《ごえもん》とか、五郎太《ごろうた》とか……」

「ご、権兵衛《ごんべえ》かもしんねえぜ」

「そんなら権太郎《ごんたろう》もありだな」

男らは口々に言い合う。

なるほど、と登一郎は思う。絵解きになっているのか……。

「あとで川端町に行ってみようぜ、きっとごのつくやつがいるぜ」

「じゃ、下のはイガ栗のほうの絵解きだな」

男の声に、登一郎も右下の絵に目を移す。

大きなイガが割れて中に四つの栗が見えている。その栗は、三つの波頭の上に乗っていた。

「栗は名前だろうな」

「ああ、栗……栗原じゃねえか、いや、栗田もありか」

「『武鑑《ぶかん》』を見りゃ、一発だな」

「四つの栗ってのも、なんか解けるのかな」

「四つ栗……変だな、栗よん、もだめか」

ううん、と男達が唸る。その唸りは楽しげだ。

「なるほど」登一郎は清兵衛にささやいた。

「この絵解きも面白がられるのだな」

「うむ」

清兵衛は運ばれてきた盆を受け取りながら、頷く。盆といっても箱膳《はこぜん》の蓋で、上には飯碗や汁椀、小鉢や皿が並んでいる。すぐに登一郎にも同じ物が運ばれた。湯気が顔に上がってくる。

「そうか」

　隅から声が上がった。

「四ってのは、きっと与力のよ、だ」

　おう、と横から声が上がる。

「そうかもしんねえな」

　男達が頷き合う。

　味噌汁をすすりながら、登一郎は耳を澄ませた。

「そいじゃや、この波はなんでい」

「ううん、波か、波が立ってるな……」

「波右衛門《なみえもん》とかよ」

「そうかぁ、まあ、なくはねえだろうが」

　それを聞きながら、登一郎は目刺しをかじる。苦《にが》みを味わいつつ、いや、あれだ、と腹の底でつぶやいた。

「や、待て」男の声が尖った。

「波が三つだろ、こらぁ、みなみ、じゃねえか」

「南、か」

「そうだ、南町奉行所ってこった」

その声を聞いて、反対の客から「そうか」と声が上がった。

男達の声がわいわいと飛び交う。

登一郎は改めて、読売を見つめた。

木版摺りは、暦と同じ作り方だ。字を彫るのも絵を彫るのも手慣れているに違いない。おそらく、二階に三人が集まって作っていたのだろう……。

戸の開く音が鳴った。

男がするりと入ると、皆を見回した。

「おい、八丁堀《はっちょうぼり》が来るぜ」

皆が慌てて読売を懐にしまう。

話題はたちまちに変わり、女の話やらが飛び交う。

知らせた男と入れ違いに、十手を腰に差した同心が入って来た。

客は皆、素知らぬ顔で箸を動かしている。

ひととおり見渡すと、同心は派手な音で戸を閉め、去って行った。

登一郎がそっと懐に手を当てると、清兵衛がにやりと笑って頷いた。

第五章　言わずの家

一

二階の窓から登一郎は、昨日と同じように、横丁を出て行く新吉ら三人を見送った。

納豆売りも煮売り屋も、いつもより早めに売りに来ていたのに、朝、気づいていた。

気になって見ていると、横丁を出てしばらくして二人とも戻り、新吉の家の裏手に回っていった。勝手口から出入りをしているに違いない。

登一郎は外に出ると、清兵衛の家へと向かった。

見台を運んでいた清兵衛が、おう、と目顔を向けてきた。

「おはようございます」

「おはようございます」

同じように返して、登一郎は見台を運ぶのを手伝う。

設《しつら》え終わると、清兵衛は床几に座って、姿勢を整えた。

登一郎は傍らに立つと、小声で話しかけた。

「今日も新吉さんらは出て行ったが、しばらく売り歩くのだろうか」

「いや、三日ほどだ。あまり続けると、役人に張り込まれて捕まるからな」

「なるほど」登一郎はさらに声を抑える。

「清兵衛殿は読売の親方なのか」

「まさか」清兵衛が小さく苦笑する。

「わたしは横丁の差配人として関わっているのみ。ま、占いやよろず相談で面白い話を聞いたときには教えるが。話集めは新吉さんや納豆売り、煮売り屋が出商いで聞き集めるほうが多い」

「ほう、出商いにはそうした効用もあるか」

「うむ」清兵衛は笑った目で見上げる。

「人と気安く話せるからな、城の隠密や御庭番《おにわばん》、徒目付や探索方の同心なぞもやっておる」

「そうなのか」

目を見開く登一郎に苦笑して、清兵衛は眼を戻す。と、その顔を通りに向けた。やって来た二人の男から、読売、という言葉が聞こえてきた。

「なんでも、川端町にその駕籠屋があるらしいぜ」

「へえ、きっと探しに行ったやつがいるんだな」

「ああ、探して暴《あば》いて得意がる野郎がいるからな」

「イガ栗のほうはどうなるんだろうな」

言い合いながら、二人は通り過ぎて行く。

清兵衛はにっと笑った。

「ここにいると、町のようすがよくわかるのだ」

あ、と登一郎は上から清兵衛を見た。なるほど、それも見台に座る効用の一つか……。

「しかし」登一郎は腰をかがめて声をかける。

「ここには北町奉行所の定町廻りも来てるようだが、新吉さんらのことは知られていないのだろうか」

「ああ、大丈夫だ。これまで疑われたフシはない。新さんは若いが、しっかりしているからな」

「ふうむ、あの納豆売りと煮売り屋は、近くに住んでいるのか」

「知らぬ」清兵衛は首を振る。

「住処《すみか》も知らぬし、名も知らぬ。余計なことは知らぬほうがよいのだ」

釘を刺すような上目を向けられ、登一郎はぐっと喉を詰まらせる。

「や、そうであった」登一郎は首筋を掻くと、

「邪魔をいたした」

と、踵を返した。いかんいかん、とつぶやきながら、家へと戻った。


翌日。

黄昏時《たそがれどき》の町をぶらりと歩いて戻って来た登一郎は、横丁の手前で、あ、と足を速めた。新吉がちょうど横丁に入るところだった。

「新吉さん」

声をかけると、「ああ、こりゃ先生」と新吉は目で笑った。

「買ってくれましたね、話のお礼に差し上げるつもりだったんですが」

並んだ登一郎は首を振る。

「いや、読売は口上《こうじょう》を聞いてその場で買うのがよい、そう思った」

「そうですか」新吉は口元にまで笑顔を広げて、顎をしゃくった。

「ちょいと、うちに上がっていかれますか」

「お、よいのか」

ええ、と新吉はすたすたと家に向かう。

「帰ったぜ」

戸を開けると、おみねが奥から飛び出して来た。後ろの人影に驚きを示すが、すぐに登一郎だと気づいて、顔を弛めた。

「おかえりなさい」

そのほっとした面持ちに、登一郎はそうか、と得心する。捕まりはしないかと、待っているあいだ、気が気ではないのだな……。

「ちょっと、先生に上がってもらうぜ」

新吉は登一郎に、目顔で座敷を示す。

「邪魔をいたす」

上がり込むと、おみねは「お茶を」と、台所へと行った。

「いやぁ」登一郎は新吉を見つめる。

「読売を作っていたとは思わなかった。だが、知っていろいろ腑《ふ》に落ちた」

へい、と新吉は苦笑する。

「ま、表にはできないことなもんで。けど、先生にはいろいろと教えてもらいましたから、初売りの場所を清兵衛さんに知らせたんでさ」

「ふむ、そうであったか」

「先生は余計はことを口外しないお人、と思ったもんで」

その目が鋭くなる。

また釘を刺されたな、と思いつつ、登一郎は頷いた。

「うむ、そこは心配いらぬ。わたしもお城を追われたようなものだからな、今さら、役人の味方などせぬ」

きっぱりとした物言いに、新吉は目元を弛めた。

「まあ、この横丁にいる限り、いずれわかるかもしれないんで、先に知っておいてもらったほうがいい、とも思いましてね」

「うむ、知ってよかった。ずっともやもやとして、腹の据わりが悪かったのでな」

腹の前で手を回すのを見て、

「そいつは、失敬しました」

新吉が笑った。

登一郎は、その顔と向き合う。

「読売は役人も入手していることだろう、駕籠屋と与力は捕まるかもしれぬな」

「へい、今頃、お役人らがこっそりと探索しているでしょう。権造のこれまでのふるまいなどが明らかになるでしょうから、じきに呼び出しを受けるはずでさ。今度は与力の援護は得られないから、年貢の納め時、ってやつですね。与力のほうはもっと時がかかるでしょうけど、それこそ、そのへんは先生のほうがわかるんじゃないんですかい」

「うむ、まあ、直参《じきさん》を町人のようにすぐにお縄にすることはできぬから、調べを十《じゅう》全《ぜん》にしてからになるであろう。そこから評定を開くことになる」

「やっぱり、そうですか。けれど、こうなっちゃあ、もう動きはとれないでしょうね」

「うむ、それは間違いない。すでに見張られているはずだし、当人もそれに気づいていよう。息をひそめていることであろうな」

そこに茶が運ばれて来た。

新吉はそれをすすると、目を細めた。

「いやぁ、与力にまでいきつくとは……こっちは金三さんらへの狼藉《ろうぜき》を知らしめて、権造をこらしめるつもりで調べてたのに、駕籠かきらの話から与力とのつながりがわかったもんで……これはしめた、と思いましたよ」

「ほう、そうだったのか」

「ええ、読売を作るんなら、大きいネタのほうがやりがいがありますからね。矛先《ほこさき》をそっちに変えて、気合いを入れました」

「なるほど、心意気だな」

まあ、と新吉は照れたような笑いを見せる。が、それをすぐに納めた。

「けど、金三さんらには悪いことをしたと思ってるんで」

「む、なにゆえか」

「初めは権造の悪い噂を盾に金払いの談判をよくできりゃいい、と思ってたんですが、それどころじゃなくなった……権造が駕籠かきを殺したとなれば、死罪となって、金の払いは飛んじまうでしょう」

「ううむ、そうか」登一郎は腕を組む。

「しかし、始まりは金三さんらへの狼藉だったのだから、二人にも詮議のためにお呼び出しがかかるであろう。そこで訴えれば、権造の財産を取り上げて、そこから払われるかもしれん」

「ああ、そうか」新吉は手を打つ。

「それなら、丸く収まるってもんですね」

うむ、と言いつつ、登一郎は眉を寄せた。

「しかし、その詮議で、あの二人が無宿人であることが、明らかになってしまうであろうな」

ああ、と新吉も顔を歪める。

「そこはあたしも気になってたんです」

新吉は龍庵の家のほうへと顔を向ける。

養生を続ける留七のもとに、金三は菓子などを持って毎日、通って来ていた。

二

中食をすませて茶をすする登一郎を、佐平が覗き込んだ。

「今日は棒術の修練はなしですか」

うむ、と登一郎は顔を外へと向ける。

「金三さんが来ぬのだ。朝は雨が降っていたからであろう」

顔だけでなく、身体ごと外へ向けた。子供の泣き声が聞こえてきていた。

下駄を突っかけて、登一郎は外へと出る。子の泣き声が大きくなっていた。と、向かいの家から、一松が飛び出して来た。

「ほう、どうした」

こちらに駆けて来る一松に、登一郎はしゃがんで向かい合う。と、おうめも家から出て来た。

走って来ると、大声で泣く弟の頭をぴしゃりと叩いた。

「ばかまつっ」

一松の泣き声がさらに大きくなる。

「これ」と、登一郎はおうめの手を押さえた。

「ぶつのはいかん、どうしたというのだ」

言いながら登一郎は目を上げる。

家の中から、お縁と夫婦者、そして利八が出て来た。

そうか、と登一郎は得心した。養子を求める夫婦がまた来たのだな……。

「でも」一松が姉を見上げる。

「ちゃんと名を言えって言ったじゃないか」

「ばかっ」おうめはまた言う。

「言っちゃだめなときもあるんだ」

うわぁ、と一松が泣き声を高める。

離れて立つ夫婦は、眉を寄せて利八と話をしている。

登一郎は、おうめを見つめた。

小さな顔はふるふると震えている。嚙みしめた口はへの字になっており、目は涙をためて赤い。その顔に、

「そなた、新しい父と母のところに行くのはいやか」

登一郎が問うと、おうめは黙って頷いた。

「弟とも離れたくないのだな」

今度は力強く頷いた。

「父……おっとさんがいいのか」

また、深く頷く。

「そうか、それは困ったな」

うん、とおうめの目から涙がこぼれた。

「そのこと、おっとさんに言うてみたか」

　おうめは顔を横に振る。

　ふうん、と登一郎はそっとその頬に手を当てた。

「一度、おっとさんに言ってみるといいかもしれんぞ」

　おうめの目が丸くなる。

「でも、おとっつぁんはあたいらが邪魔なんだ」

　言いながら涙がはらはらと落ちる。

　ううむ、と両手で顔を挟む。子供というのはずいぶん温かいものだな……。

「そういうことではないと思うぞ、だから、言ってみたほうがよい」

　きょとんとして、おうめは小首をかしげる。

　その背後に、お縁らが近寄って来た。

「さ、戻ろう」おうめの肩に手をかけると、

「すいません」

　と、頭を下げた。

　いや、と顔を上げた登一郎の目に、金三の姿が飛び込んで来た。大きな風呂敷包みを抱えて、お縁の後ろを通って行く。目をこちらに向けると、目顔で挨拶をして、龍庵の家へと向かって行った。

利八と夫婦も、こちらに寄って来た。

「さあ、戻って菓子を食べよう」

利八が姉弟に話しかける。

しゃがんだままの登一郎は、また目を上げた。

皆の後ろを男が通り過ぎた。

あ、と出しそうになる声を呑み込む。

権造の所にいた男だ……間違いない、熊五郎と呼ばれていた……。

熊五郎はこちらを気にするようすもなく、奥へと進んで行く。

金三が龍庵の家に入るのを、熊五郎が見つめているのがわかった。が、そのまま通り過ぎると、横丁から出て行った。

登一郎の前が明るくなった。前に立っていた子供らも利八も、お縁とともに家に戻って行く。

登一郎は、龍庵の家に駆け出した。

「ごめん、入るぞ」

戸を開けると、「金三さん」と呼びかけながら勝手に上がり込む。

驚いた顔を向ける金三に、登一郎は向かい合う。

「今、どこから来たのだ」

「え、長屋でさ、すいません、今日は棒術は……」

「それはどうでもよい、男に付けられていたのに気づかなかったか」

「付けられて……」

寝ていた留七も身を起こした。

「え、誰に」

「あの男、権造の所にいた熊五郎という者だ。わたしは以前に見たのだ」

「熊五郎」金三が息を呑む。

「え、ほんとに、付けて来てたんですかい」

腰を抜かしたように、後ろに手を突いた。

「あ、あいつ、昨日、長屋に来てたんでさ。こっそりと覗いてやがって……だから、危ねえな、と思って長屋を引き払って来たんでさ……しばらくあっしもここにおいてもらおうと思って……」

「ふむ」龍庵が奥から出て来た。

「それはかまわんがの。わたしも読売は読んだから、ちと心配になっていたところだ。親方が怒るのは目に見えている。金三も読んだか」

「へい、新吉さんからもらって……ありがてえようなおっかねえような気がしてたんですけど、そしたら熊公が来やがったから、こりゃ逃げたほうがいい、と思ったんでさ」

「うむ、賢明だ、しかし……」登一郎は口を曲げる。

「ここを知られてしまったからには……」

「どうしやしょう」

金三の眉が下がる。

「おめえは逃げろ」

留七が金三の肩をつかむ。

「逃げるって、どこにだよ、それにおめえをおいてなんて行けるかよ」

肩をつかみ合って、二人は眼を揺らす。

「清兵衛殿に相談してみよう」

登一郎は下駄を履いた。

その足で清兵衛の家へと走る。

「ごめん、清兵衛殿、おられるか」

返事はない。表を見るが見台もない。

「留守か」

登一郎は、唇を嚙んだ。

二階の窓から下を覗いていた登一郎は、あ、と階段を駆け下りて、外に出た。

横丁に入って来た清兵衛が、戸に手をかけたところだった。

「清兵衛殿」

おう、と土間に入った清兵衛に、登一郎も続いた。

「留守だったので、待っていたのだ」

「ほう、そうであったか、いや、権造のことが気になって、大番所《おおばんしょ》を覗いてきたのだ。呼び出しを受けたのではないか、と思うてな」

町には町奉行所が設けた大番所がある。狼藉者を一時、仮牢《かりろう》に入れて吟味したり、話を聞くために人を呼び出したりする役所だ。そこで、吟味され、罪ありと見なされれば、小伝馬町《こでんまちょう》の牢屋敷に移されることとなる。

「ほう、して」

「いなかった、まだ、裏で調べを進めているのであろう」

答えつつ、急《せ》いたようすの登一郎を見る。

「なにかあったか」

「うむ、あった、実はな……」

登一郎は金三のあとを付けて来た熊五郎のことを話す。

「なんと」清兵衛は眉間に皺を刻む。

「しかし、そうか、口利きを入れただけであのような目に遭わす男だ、読売に話をしたとなれば、激怒するのも道理か……」

「うむ、それに、金三さんと留七さんの二人は、じきにお呼び出しがかかるだろう、そこで怪我を負わされたことを申し立てれば、それだけでも権造を大番所に引っ張ることができる」

「む、そうか……権造にとってはまずい流れだな」

「うむ、その前に手を打とうと考えても不思議はない」

ううむ、と清兵衛はうつむき、すぐにその顔を上げた。

「よしっ」

そう言うと、外へと飛び出す。

登一郎もそのあとに続いた。

龍庵の家に行くのだな、と背中を追った登一郎は、え、と思いつつ足を止めた。清兵衛が戸を開けたのは、向かいの戸直し屋末吉の家だった。

「入るぞ、末吉さん」

登一郎も続いて入る。

広い土間のすぐ上の板間で、末吉が格子を組み立てていた。

その手を止めた末吉に、清兵衛がたたみかける。

「部屋を貸してくれ、二人、入れる」

「ああ」末吉が立ち上がった。

「お向かいの二人ですな……へい、じゃ、開けましょ」

「頼む」

そう言うと清兵衛は踵を返して外に出た。

登一郎は戸惑ったまま、そのあとに続いた。

清兵衛は、龍庵の家の戸に手をかけ、

「わたしだ、開けるぞ」

勢いよく開けて入って行く。

中にいた金三と留七、そして龍庵が驚きの目を向けるなか、清兵衛は勝手に上がり込むと顎をしゃくって向かいを示した。

「あちらに移る、留七さん、歩けるか」

ああ、と龍庵が立ち上がった。

「それはいい」

留七の腕をつかみ、さ、と持ち上げる。

「あ、そいじゃ」

金三は土間に立てかけてあった棒を持ち上げた。

「さ、これを杖にしな」

おう、と留七は棒をつかむ。金三は反対の腕を肩に回して、歩き出した。ゆっくりとだが、歩き出すのを見て、龍庵が頷いた。

「うん、大丈夫だ、上がり下りだけ気をつけなされ」

留七は歯を食いしばって外に出る。清兵衛に促されて、末吉の家へと移って行った。

「さ、こっちへ」

末吉が手で奥を示す。

清兵衛は留七の腰を押して、上がるのを手伝う。登一郎も皆に続いた。

末吉の家は奥が座敷になっていた。

その先に台所があり、土間になっている。

なんだ、と登一郎はそっと見まわす。

すると、末吉が板壁《いたかべ》を引いた。

え、と登一郎は寄って行く。壁ではないのか……。

板壁が動くと、中は薄暗い部屋になっていた。ぼんやりと中が見えるのは、置かれた行灯《あんどん》によるものだった。

目を丸くして、金三と留七は見まわす。登一郎も同じ顔になった。

金三と留七に、清兵衛が言う。

「留七さんは動けないから、ここで寝ていろ。金三さんは座敷に出ていてもかまわないが、よいか……」

清兵衛は懐から小さな笛を取り出した。それを口に当てると、

「ピイッ」

という高い音が鳴った。

「この音が聞こえたら、すぐにこの部屋に入れ、よいな」

「へい」

肩をすくめて頷く。

あっけにとられている登一郎の横に、荷物を抱えた龍庵と弟子の信介がやって来た。

「着替えを持って来ましたよ、薬は信介が届けますから」

「はいな」

末吉が布団を中に広げながら頷く。

「世話をかける」

清兵衛が中を覗き込むと、末吉は「なんの」と振り返った。

「ひさびさの出番だ、こうこなくっちゃ」

その笑顔に、強張《こわ》っていた金三と留七の顔が弛んだ。

その二人を手招きすると、末吉が説明を始める。

「中からはこの心張り棒をかけて……」

登一郎は板壁にしか見えない隠し戸を、そっと引いてみる。

なんと……。半ば呆然《ぼうぜん》としながら、登一郎は板壁を押す。

その横に清兵衛が来て、ささやいた。

「この家のことは、決して言わぬように」

そう言って、口の前に指を立てた。

登一郎は黙って頷いた。

三

二階の窓から下を見下ろす登一郎に、佐平が寄って来た。

「また覗きですか、ご精が出ますね」

「いや、これはいつもの覗きではない」

顔を外に向けたまま言う登一郎に、佐平は肩をすくめる。

「やっぱり、覗きだったんだ」

そのつぶやきに、登一郎は横目を向け、懐に手を入れた。

「これは役目なのだ」

懐で握った手の中には笛があった。清兵衛から同じ笛を渡されたのだ。

「はあ、さいで」佐平は近くに座った。

「ちいとばかりここに居させてもらってもいいですか。暗いと見えにくくて」

そう言って、着物と裁縫箱を置く。

うむ、と登一郎が顔を向けると、佐平は目を眇めて針に糸を通そうとしていた。

「四十の声を聞くと、めっきり目が衰えますね」

その横顔を、改めて見る。

「佐平は我が家に来てから十年近くになったか」

中間は出入りが激しい。早い者は一年足らずで辞めていくが、口入れ屋にすぐに補充される。

「十一年ですよ」

「ほう、そうであったか……屋敷に戻りたいか。中間部屋のほうが居心地がよかろう」

おや、と繕《つくろ》いをしながら上目になる。

「いいえ、あたしは中間部屋は嫌いで、夏なんぞ、台所の板間で寝起きしていたほどで」

「そうなのか」

「ええ、中間は女の話と金の話ばかりで、あたしはうんざりなんです。こっちはもう、そういうほうは枯れてしまってるんで」

「むぅ……そうだったのか」

「はい、三十も半ばで、そういう欲がなくなってしまいましたね。昔は自分の手の大きさを勘違いしてたもんですけど」

「手の大きさ、とな」

「そうです」佐平は針を持ったまま手を上げる。

「若いときにはでかい手でたくさんのものをつかみ取れる、と思ってましたね。けど、年とともに、自分の手の大きさがだんだんとわかってくるもんです、つかめるものも大したこたぁないってね」

ふうむ、と登一郎は顔を向けて、佐平を見た。年は下だが、皺の数はさして変わらないように見える。と、その目を繕い物に向けた。着物の下には襦袢や下帯《したおび》も覗いている。

「そ、その下帯は、繕わずともよいぞ。新しい物を買えばよい」

「いいえ」佐平はうつむいたまま笑う。

「洗濯をすませてあるから大丈夫ですよ。ふんどしったって、あたしのとは物が違うんですから、大事にしないと」

ううむ、と登一郎は咳を払った。

「だから」と佐平は顔を上げた。

「奥方様はあたしをこちらにつけてくだすったんですよ。あたしが板間で寝起きをしているのをご存じでしたから、こちらに来たほうが居心地よかろう、と考えてくだすったに違いありませんや」

そうだったのか、と登一郎は胸中でつぶやいた。小さな咳を払って、顔を外に向ける。

隣の弁天の家からは祈禱の声が聞こえてくる。

新吉とおみねが表から入って来た。おみねは葱《ねぎ》と大根を抱えている。

登一郎は空を見上げた。

西の空は赤く染まり始めていた。


空は赤から薄闇へと変わった。

今日はもう大丈夫か……。登一郎は懐から手を出した。と、すぐにその手を懐に戻すと、笛を取り出した。

口に付け、息を吹く。

「ピイッー」

音を鳴らし、立ち上がった。

窓の下を熊五郎が歩いて行く。二人の男がそのあとに続いている。

登一郎は階段を駆け下り、刀を腰に差した。

土間に下りると、そっと戸を開けた。顔を半分だけ出して、熊五郎らを窺う。

清兵衛も家から出て、忍び足でこちらに来た。

「あれだな」

「うむ」

登一郎も外に出る。

龍庵の家の前で、熊五郎の声が上がった。

「開けろ、金三、留七、いるのはわかってんだぞ」

戸がガタガタと鳴る音が立った。

龍庵が内から心張り棒をかけたらしい。

「壊せっ」

熊五郎の声に、手下が足で蹴る。

もう一人は後ろに下がって、戸に突進した。

体当たりされた戸が、倒れる。

熊五郎らがなだれ込んだ。

登一郎と清兵衛が走る。

中から龍庵と信介の声が上がった。

登一郎と清兵衛は、戸口に立った。

中では三人が脇差しを抜いていた。

「おい、金三と留七を出せ」

尻餅をついた龍庵が手を振る。

「い、いない」

熊五郎の切っ先がその鼻先に触れた。

「嘘を吐《つ》くんじゃねえ」

「おう」猪首《いくび》の手下が進み出る。

「ここにいるのはわかってるんだ」

「金三、留七、出て来い」

角顔《かくがお》の手下が大声で叫ぶ。

「どこだ、観念しやがれ」

熊五郎が奥へと進み、押し入れの戸を蹴破る。

猪首は、手にした脇差しを振りかざした。それを振り下ろすと、信介の首筋に当てた。

「どこに隠しやがった」

刃が肌に食い込む。信介は青ざめた顔を震わせている。

「よせっ」

清兵衛が刀を抜いて、走り込んだ。

登一郎もそれに続く。

熊五郎が戻って来る。

「ああ、なんだ、てめえら、邪魔すんじゃねえ」

登一郎は熊五郎と向き合う。

熊五郎は下から睨めつけると、にやりと笑った。

くっ、と登一郎は唇を嚙む。しまった、長刀ではなく脇差しを抜くべきだった……。

家の中には柱が多い。

「やあっ」

清兵衛の声が上がった。猪首の腕を下から峰で打つ。が、落としそうになった脇差しを、猪首は握り直した。

と、その隙に信介は外へ向かって這い出し、土間に転がり落ちた。

龍庵も慌ててそのあとを追う。

角顔は階段を駆け上がった。

「出て来い、金三、留七」

二階から、声とともに大きな物音が響く。

「狼藉はやめろっ」

登一郎は熊五郎に向かって構える。

そのとき、外から大声が響いた。

「おれはここだ」

熊五郎が顔を向ける。

「あの声、金三だ」

外へ飛び出していく。

登一郎も続いた。

猪首も続き、角顔も上から駆け下りて来た。

外では金三が棒を掲げていた。

「やっぱり、てえめらか」

三人を睨むと、金三は棒を突きの構えに直した。その姿に、

「金三、いやがったな、よくも読売なんぞにばらしやがったな」

熊五郎は脇差しを構える。

「死にやがれっ」

そう言うと、地面を蹴った。

突っ込んでいく熊五郎に、金三が棒を突き出す。

熊五郎はよけたものの、脇腹に棒がめり込んだ。

転がる熊五郎の横を、猪首が突進する。

「てめえっ」

刃を振り回しながら、棒をよける。

「留の仇《かたき》だっ」

金三が棒を大きく振った。

その先が猪首の脛《すね》を打った。鈍い音がして、猪首が身体を崩す。

「やろうっ」

角顔が刃を振り上げ、金三へと向かった。

「よせっ」

登一郎が踏み出し、その腹に峰を打ち込む。

唸り声を漏らして、角顔の身体がくの字になる。

「くそう」

身を折っていた熊五郎が、身体を戻した。

「まだやるかっ」

金三が棒を振り回して、突っ込んでいく。

「やめろっ」

そこに声が割り込んだ。

利八が駆けて来る。その顔を振り向かせると、

「こっちです」

と、腕を上げた。

「おう」

同心の亀岡が、十手を掲げて走って来る。

あとには棒を抱えた下役人が続いている。

「くそっ」

熊五郎が走り出す。

「逃げろっ」

その声に猪首と角顔も続いた。が、勢いそのままに役人が追いつき、次々に捕らえられていく。

そのようすに刀を納めた登一郎は、振り向いて、あっと声を上げた。

金三にも縄がかけられている。

駆け寄ろうとする登一郎を、清兵衛が腕で制した。

「いや、やむをえまい」

金三はこちらを見ると、胸を張った。

「へへ、やったぜ」

その顔に登一郎が頷く。

その前に十手を手にした亀岡がやって来た。

登一郎と清兵衛を交互に見ると、

「話を聞かせてもらわねばならぬ」

そう眉をひそめた。

「うむ」清兵衛が歩き出す。

「わたしが話そう、みなまでわかっているゆえ」

片目を細めて登一郎を見ると、手で来るな、と制した。

「では、大番所まで参ろう」

亀岡も並んで歩き出す。

引き上げる一行を、戸惑いながら登一郎は見送った。

そこに、利八が寄って来た。

「大丈夫でさ、清兵衛さんは慣れたもんですから」

にやっと笑う利八に、登一郎は頷くしかなかった。

四

襷を掛けながら、登一郎が龍庵の家に入った。

龍庵と信介が、昨日、荒らされた家の中を片付けている。そこには新吉の姿もあった。

「あ、先生」

棚を持ち上げようと手をかけている新吉が顔を上げた。

「お、手伝いか」

ええ、と新吉は苦笑する。

「昨日の騒ぎは窓から見ていたんですけど、あたしはああいう場には出て行けないので……」

新吉の言葉に、そうか、と登一郎は得心する。役人が来るような場に出て、引っ張られでもすれば、いろいろと訊かれる。怪しまれでもしたら、読売のことが露見しかねない、ということだな……。

「いや、人にはそれぞれの役目があるものだ」

登一郎の言葉に、新吉は小さな笑みを浮かべた。

新吉が手をかけている棚に、登一郎も手をかけた。

「よっ、と」

棚が元の位置に立った。

「助かりました」そう笑顔を向けて、新吉は問う。

「清兵衛さん、朝から出かけて行きましたが」

「うむ、また大番所だそうだ。昨日だけでは、話が終わらなかったらしい」

「そうですか」と、小物を片付けていた龍庵が振り返った。

「金三のほうは戻らなかった、ってことは大番所の仮牢に入れらたんでしょう。大丈夫でしょうかね、読売のことも尋ねられるでしょうし」

新吉は眉を曇らせながらも首を振る。

「あたしらのことは決して言わない、と最初に約束を交わしたので、大丈夫でしょう。

湯屋で言いふらしたことにする、と話を合わせてあるんで」

「ほう、そうだったか、なればそれで通すであろう」

　登一郎もしゃがんで散らばった物を集める。新吉もそこに並んだ。

「けど、金三さんの棒術は大したものだった、ありゃ、先生の指南《しなん》の賜物《たまもの》ですね」

　ううむ、と登一郎は唸る。

「いや、それが徒《あだ》になったと、ちと悔いているのだ。棒術など教えなければ、ああして飛び出して来ることもなかったに違いない。さすれば、乱闘に巻き込まれず、引っ張っていかれることもなかったであろう……」

「いや」新吉が顔を向ける。

「金三さんはあれで胸がすっとしたはず、ここが荒らされているのがわかっていながら隠れていたら、あとあとまで肩身の狭い思いをしたでしょう」

「そうそう」龍庵が頷く。

「男として面目が立たないってやつですよ。わたしは毎日、顔を合わせてましたからね、あの二人の質はわかってます。棒術を始めてから、金三は背筋を伸ばすようになった、あれは自信がついたんでしょう」

「ふうむ、なればよいのだが」

登一郎はほっとしてつぶやく。

龍庵は信介に向いた。

「どうだ、おまえも棒術を習ってみては」

え、と信介が振り向く。

「あ、いえ、あたしは武術はからきしで、怪我をするのが落ちです。わたしは怪我を治すほうになりたいんで」

手を振る信介を、登一郎は見た。腕も細く胸板も薄い。町人の出だな……しかし、と龍庵にも目を向ける。この医者はどちらだろう……浪人のようでもあるし、町人のようでもある……。その目に龍庵が気づいて、なにか、というふうに小首をかしげる。いや、と登一郎は顔を伏せた。いかんいかん、人をほじくってはいけないのだった……。

信介は立ち上がると、片付いた座敷を箒ではいた。

「これで留七さんを戻せますね」

「おう、そうだな」

龍庵も立ち上がる。

「おうい」

そこに外から声がかかった。

戸口から向かいの末吉が顔を覗かせる。

「ちょいと、出て来てくれ」

皆が顔を見合わせつつ、戸口に行く。

外に出ると、そこに留七が立っていた。

「見てくれ」

末吉が留七の両脇を手で示す。二本の杖で身体が支えられていた。途中からふた股になった杖の上には、脇を乗せる横木があり、下の方には握る横木もついている。留七はその棒を握って、杖を動かし、歩き出した。

「ほほう」

皆が集まる。

「作ったんだ」末吉が胸を張った。

「前にいた蘭学の先生に聞いたことがあったのよ、阿蘭陀ではこういう杖が使われてるって。話だけだったから、頭に思い描いて、試しに作ってみたんだ」

「こいつは楽ですぜ」

留七は笑顔で歩いてみせる。

「ほうほう、これはよい、さすが末吉さんだ」

目を細める龍庵に、

「ま、な」

末吉は鼻の穴を広げる。

「大した工夫だ」

登一郎の言葉に、末吉はへい、と鼻息を漏らす。

まったく、と登一郎は改めて皆を見た。面白い横丁だ……。


家に戻ると、おや、と土間で下を見た。

草履《ぞうり》が脱いである。

「長明が来ているのか」

はい、と佐平が上を指す。

「二階でお待ちですよ」

階段を上がっていくと、窓辺に息子が座っていた。

「あ、父上」手にした紙から顔を上げる。

「これを勝手に見てました」

読売だ。

「ああ、かまわん」

向かいに座ると、長明は読売を掲げた。

「いや、やはり読売は面白いですね」

「前にも読んだことがあるのか」

「はい、町を歩いていると、時折、出くわすので。以前、屋敷に持ち帰ったら、父上に叱られましたよね、そのようなものを買うのではない、と」

む、と登一郎は眉間を狭める。思い出せないが、ありそうなことではあった。

「それは、立場、によるのだ」

「はい、役人は取り締まる側ですから、当然のことと心得てます。しかし、今はその立場ではない、ということですね」

「う、うむ」

「いやぁ、これはどういう人らが作っているのでしょうね」

首をひねる長明から、父は顔を逸らす。

「さあな」

「学はありますよね、文は整っているし、字もなかなかのものだ。絵もうまい。浪人でしょうか」

ふむ、と登一郎は新吉の顔を思い浮かべた。利八や末吉の顔も浮かんでくる。「いや、町人にも学のある者は多い。学のみならず、賢さというのは、身分には関わりがないものだ」

「はあ、そうですね。商人と話していると、言葉の巧《たく》みさに驚くこともある。頭の切れと身分は別ものですね」

「うむ」登一郎は息子の顔をしみじみと見る。

「そういえば、屋敷のほうはどうだ」

はい、と長明は微笑む。

「母上はお変わりなく……いえ、ますますお元気です。三月になったら、飛鳥山《あすかやま》に桜を見に行こうと、わたしは供を命じられました」

「そうか」登一郎は咳を払う。

「して、林太郎らはどうだ」

「はい、林太郎兄上も真二郎兄上も、変わらずに真面目に励んでおられます」

長明はにこりと笑む。

「ご案じなされるようなことはありません」

そうか、と登一郎は苦笑する。

「よし、なれば頼みがある」

「は、なんでしょう」

「この先、暖かくなるので、単衣の着物がほしい。なに、行李一つ分でよいから、届けさせるように照代に伝えてくれ」

「はい」頷いた長明が上目になる。

「ということは、やはり屋敷にはお戻りにならないのですね」

む、として、登一郎は胸を張る。

「むろんだ、戻らぬ」と、登一郎も上目になった。

「誰か、戻ってほしいと言っているのか」

「いえ、そういうわけでは」

息子は首を振る。

わけではないのか、と登一郎は口をへの字に曲げた。いや、しかし、それでいい
……。

「わたしはこの横丁が気に入ったのだ、ずっと住む」

「はい、では、わたしもまた来ます」

にこやかに頷く息子に、登一郎も面持ちを弛めた。

「よし、では、町に出るか、また飯屋で魚でも食べるとしよう」

「はい」

長明は勢いよく、立ち上がった。

五

朝餉をすませた登一郎は、二階の窓に寄りかかった。いつものように窓を少し開けて、下を見る。

おや、と登一郎は窓をさらに開けた。横丁に、配下を伴った同心の亀岡が入って来たのだ。手前の清兵衛の家の前に立つと、呼びかけているのがわかった。

すぐに清兵衛が出て来て、亀岡と並んで歩き出した。

登一郎はその歩に沿って、顔を右から左へと動かしていく。さらに窓を開け、首を突き出した。

亀岡らは龍庵の家の前で止まり、中へと入って行く。

しばらくすると、亀岡とともに杖をついた留七が出て来た。清兵衛が留七の背中に手を添えている。が、それを離すと、留七らと向かい合った。何やら話しているようすだが、すぐに終わり、留七は亀岡と配下の役人に挟まれて、龍庵の家のほうから横丁を出て行った。

見送った清兵衛がこちらに戻って来る。登一郎は階段を下りた。

「清兵衛殿」

やって来た清兵衛の前に出る。

「おう、これは……見ていたか」

「うむ、留七さんが連れて行かれたな」

「ああ、大番所からの呼び出しだ。これまでの話を訊かれるだけだから、心配はいらんだろう」

「さようか、して……」

もの問いたげな登一郎の面持ちに、清兵衛は顎をしゃくった。

「邪魔をしてもかまわぬなら、詳しく話そう」

「うむ、入ってくれ」

登一郎は家に招き入れる。

座敷で向かい合うと、清兵衛は膝で間合いを詰めた。

「実はな、面白いことになったのだ。昨日、権造も呼び出されたのだが、その前で、熊五郎が吟味を受けた。役人が、金三を襲ったのは権造に命じられてのことか、と問うと、あっさりとそうだ、と認めた。口を封じろと言われたが、殺すつもりはなかった、痛い目に遭わせるだけのつもりだった、と弁明をしていたが」

「ふうむ、つもり、とは……その場の言い逃れか、本当に殺す気はなかったのか、わからんな」

「ああ、真のことはわからん。で、そのあとだ、役人は五年前の勝太殺しを持ち出したのだ。読売で広まったせいで町奉行所を非難する者が出ているから、このさい、そちらも一気に片を付けよう、と考えたに違いない。あの殺しもそのほうの仕業《しわざ》であろう、と吟味役が問うたのだ。すると……」

「ふむ、すると」

身を乗り出す登一郎に、清兵衛は顔を上げる。

「こう言ったのだ、冗談じゃねえ、と……」

清兵衛が熊五郎の語調を真似る。

〈冗談じゃねえ、あれをやったのは権造と五八《ごはち》だ、おれは当人の口から聞いたんだ、けっこうな大仕事だったぜって、威張ってやがった〉

「五八……」

　登一郎の問いに、清兵衛が「うむ」と頷く。

「熊五郎が権造の下に入ったあと、しばらく一緒に働いていたらしい。といっても、取り立てやら脅しやらが仕事だったようだ。しかし、その五八、江戸を出たそうだ」

「出た、とは、逃げたのか」

「いや、それが孫六が投げ文をしたあとのことでな、行方をくらました孫六を探して連れ戻すと言って出て行った、というのが熊五郎の話だ」

「ふうむ、しかし、孫六はそのまま行方知れずなのであろう」

「うむ、そこだ。わたしは五八はただ逃げ出したのだと思うぞ。はなから孫六を探す気などなく、江戸を出る口実だったのではないか、とな。探しに行くと言えば、権造も止めることはすまい」

「ほお、そうか、で、そのまま姿を消した、と」

「うむ、投げ文されたことを知って、お縄にされると恐れたのだろう」

「なるほど」登一郎は見開いた目で清兵衛を見た。

「いや、そこまで思い至らなかった、まさに慧眼《けいがん》」

「いや」清兵衛は苦笑する。

「金さんならこう考えるだろう、と頭を巡らせてみただけのこと。これまで、金さんの下したお沙汰《さた》をいろいろと聞いているからな」

「ふうむ、なるほど。考え方というのは、確かに、人から学ぶことが多いな」

「うむ、そういうことだ。でな、その熊五郎の言い分で、流れが変わったのだ。熊五郎は吟味役から問われて、五八から聞いたことを話した。それによると、夜、勝太は駕籠屋に金を盗みに入ったらしい。それを見つけた権造が、五八と二人で勝太をなぶり殺した。で、首を切って、死体を河口に捨てた、というのが五八の話だった、と熊五郎はべらべらとしゃべったのだ」

「ふうむ、勝太という男は盗みを企《たくら》んで見つかったのか、権造が怒りに駆られて殺したとしても、腑に落ちるな」

「うむ、わたしも隅で聞いていたのだが、その話で、居合わせた役人の目の色が変わったのだ」

「役人の……」

「うむ、これはあとで亀岡様から聞いたのだが、孫六の投げ文には、勝太の盗みのことが書いてあったそうなのだ。勝太は孫六に、駕籠屋の金を盗んで江戸を出る、と言っていたそうだ。一人になれば駕籠を担げないゆえ、相棒には知らせたのだろう。孫六は、だから権造に殺されたに違いない、と考えたわけだ」

「おう、なるほど」登一郎は手を打った。

「投げ文と熊五郎の話が符合したわけだな」

「うむ、権造もその場にいたのだが、顔が青くなって引きつっていた」

「ううむ」登一郎は腕を組んで天井を仰いだ。

「これで役人は強気に出て、権造の責め問いが始まるであろうな。観念して白状すれば死罪だ」

「うむ、熊五郎らはほかにも悪事を働いていたようだから、それが露見《ろけん》すれば遠島《えんとう》、ということになるかもしれん」

　ふむ、と頷いて、登一郎は眉を寄せた。

「金三さんらが気にかかるな。乱闘は防御ゆえ、不問とされるだろう……が無宿人であることは明らかになるはず……」登一郎は声を低めた。

「遠山殿に話をしてみてはどうであろう、情けをかけてくれるやもしれん」

「や、それはいかん」清兵衛は首を振る。

「金さんはただでさえ難問を多く抱えているのだ。我らがよけいな頼みごとを持ち込むなど、あってはならん」

「う、うむ」登一郎は顔を伏せる。

「そうさな、いや、愚考《ぐこう》であった」

ああ、と清兵衛は声を和らげる。

「失敬した、つい……」

頭を下げる清兵衛に、登一郎は顔を上げる。清兵衛殿は真に遠山殿を慕っているのだな……。

「失敬はわたしだ、そもそも遠山殿なら、頼まずともよい落着をなさるだろう」

「うむ、それは間違いない」

清兵衛は晴れやかに胸を張る。と、その首を伸ばした。

「しかし、先生、与力の栗田はどうなると思われる」

「ふむ、旗本の評定には時がかかるだろうが、権造の罪は明らかになったのだから、それを見逃した不届きでお役御免、小普請組入りは間違いないであろう」

「与力から無役、か。読売の力だな」

「うむ、大したものだ……あっ、それと清兵衛殿、先生はやめてくだされ。清兵衛殿にそう呼ばれると、かえって肩身が狭くなる。登一郎でかまわぬ」

「ふむ、さようか、では登一郎殿、と」

「うむ、清兵衛殿、いろいろとかたじけない」

二人の目が合い、笑いが漏れた。


夕刻。

子供の声に、登一郎は外に出た。

お縁とともに、おうめと一松が出ていた。父の虎吉が迎えに来たのだ。そこに利八も出て来た。

登一郎は寄って行くと、おうめの顔を覗き込んだ。

「ちゃんと言ったか」

おうめは首を振る。

利八が抑えた声で虎吉に話すのが聞こえてきた。

「このあいだの夫婦は、断りがきましてね、いや、おうめちゃんが〈ばかまつ〉と言って、一松っちゃんの頭をぶったんですわ、それがどうにも気になったらしくて」

「へえ、すいません」

虎吉が頭を下げる。その目をおうめに向けた。

「そんな子じゃなかったんですけどねえ」

登一郎はおうめの横にしゃがむと、細い腕をつかんだ。

「言ったほうがよいぞ」

おうめの顔が歪む。

登一郎はそれに微笑んだ。

「大丈夫だ、言えば伝わるものだ」

つかんだ腕を振ると、おうめは父を見上げた。唇が小さく震えている。が、それを開けた。

「おとっつぁん、あたい、一松と一緒がいい」

そう言って、弟の手を握りしめる。

え、と父は二人の子に向き合った。

顔を下げる父に、おうめは息を吸い込む。

「あたい、よその子になりたくない」

その目から涙がこぼれた。

「おとっつぁんがいい」

声は泣き声になった。上気した頰が涙で濡れる。一松もそれにつられて、泣き出した。

「おうめ」

虎吉がしゃがんで頭を撫でる。

登一郎が腕を離すと、おうめは父の胸にしがみついた。

「おうめ」

父が小さな身体を抱きしめる。寄って来た一松も、ともに腕の中に入れた。

「すまねえ、すまねえな」

虎吉の声も掠れる。

「けど、けどよ……おめえらのためにゃ……」

登一郎はゆっくりと立ち上がった。

「考えたのだが、虎吉さん、職を変えてはどうだ。石場の仕事はきついゆえ、年を取れば続けられなくなる。それよりも居職《いじょく》にすれば、子の面倒をみることができる。ともに暮らせよう」

外に出る仕事は出職《でじょく》、家でする仕事は居職という。

「居職……」虎吉が見上げる。

「けど、錺《かざり》職人だの指物師《さしものし》だのってのは、修業に何年もかかるじゃねえですかい。そのあいだ食っていけるだけの蓄《たくわ》えなんぞ、うちにゃあないし……おっかあの薬礼ですっからかんになっちまったんで」

「ううむ」

登一郎が腕を組む。軽はずみなことを言ってしまっただろうか……。

その横で、利八が空を見上げる。

「居職ねえ、そいつは確かにいい考えだ」

お縁が子らを見た。

「おうめちゃんは家のこと、手伝いできるかい」

うん、とおうめは頷く。

その頭を撫でながら、お縁は虎吉を見た。

「おうめちゃん、うちで竈《かまど》の火のつけ方とか、ご飯の炊き方を教えてくれって、何度も言ってきたんですよ。だから教えましたけど……そうかい、おうめちゃん、おとっつぁんといたかったからなんだね」

うん、とおうめは父の胸の中で頷く。

「おうめ」

父の腕に力がこもった。

「そうだ」

利八の声が上がる。

「そうだよ」手を打って、虎吉を見た。

「籠《かご》作りをすりゃあいい。虫籠だの鳥籠なら、小さいから長屋でだってできる。なあに、竹や木を削って組み立てるだけだ、修業なんぞいらないさ」

「籠」

虎吉が見上げる。

「おう、籠を作っている男を知ってるから、明日にでも引き合わせてやろう、気のいいやつだから、教えてくれるさ」

「そう、ですかい」

虎吉が立ち上がる。二人の子は脚にしがみつく。

「籠かぁ、それならできそうだ」

「できますよ」お縁が頷く。

「虎吉さん、障子の桟《さん》を直してくれたじゃありませんか、ちょちょいと」

ああ、と虎吉が笑顔になる。

登一郎はほっとして、おうめの頭に手を置いた。

おうめはびしゃびしゃの目で見上げると、小さく笑った。

六

中食をすませて茶を飲んでいた登一郎は、戸口に向いた。

「ごめんくだされ」

腰高障子に映る人影に、

「入られよ」

と、腰を上げる。

入って来たのは、思ったとおり徒目付の浦部喜三郎だった。今日は二本差しながら粗末な着流しで、貧乏御家人の部屋住みに見える。

さ、と座敷に招き入れると、二人は向かい合った。

喜三郎が低い声で言う。

「栗田様の評定が始まりました」

「おう、さようか、早かったな」

「イガ栗で知られてしまいましたから、素早く対応したのでしょう。お役目に当たった御目付様はわたしの上役ではないのですが、探索に当たった徒目付から少し、話を聞けました」

「ほう、よくぞ」

「はい、わたしが真木様から聞いた駕籠かきの話を教えると、引き換えに話してくれたのです。それによると、栗田様は方々《ほうぼう》から付け届けを受け取っており、なかには、吟味に手心を加えた相手もいたようです」

「ふむ、やはりか……悪事も善事もなさぬ者はなさぬが、なす者は何度もなすものだ」

「ほう、なるほど」喜三郎が頷く。

「付け届けは、受けるほうもしたたかですが、出すほうはさらにしたたか、という気がします。駕籠屋の権造は付け届けの高もずいぶんと多かったようです」

「ふむ、それだけ日頃から、後ろ暗いことを多くしているのであろうな」

「はい、そういうことかと。徒目付の探索は今も続いておりますゆえ、まだ、なにか出てくることでしょう。栗田様には、厳しいお沙汰が下されることになりそうですね」

「そうさな、同様の不正がいくつも明らかになれば、隠居を命じられてもおかしくはないな」

登一郎は眉を寄せた。栗田の顔は知らないが、評定所で首を縮めている姿は思い浮かぶ。

「まあ、欲に負ければ報《むく》いが生《しょう》じる、ということだ」

「はい、因果応報《いんがおうほう》とはまさにこのこと……」

喜三郎は頷きつつ、腰を浮かせた。

「では、わたしはこれで」

「うむ、わざわざかたじけない」

登一郎も立つと、喜三郎は草履を履きながら振り返った。

「この前を、杖をついて歩く男がいましたが、あれが権造に痛めつけられた駕籠かきですか」

「おう、杖ならばそうだ」

戸を開けて出て行く喜三郎に、登一郎も続いた。

杖をつきながら歩いている留七の姿があった。

登一郎は喜三郎に、

「歩く修練をしているのだ」

と、話す。

脚にぐるぐると巻かれていた晒は、もうない。添え木とともに外されたようだ。

「殺されなかったのは幸いですね」

喜三郎はその姿を見て、「では」と横丁から出て行った。

龍庵の家の前で、留七は向きを変えて、こちらに進んで来る。

登一郎はそれを迎えて、進み出た。

「ずいぶんと歩けるようになったものだ」

「へい」留七は脚で地面を踏む。

「もう、こうやって下についても大丈夫でさ。骨はくっついたそうで」

「ほう、それはなにより」

へへ、と笑う留七が、その目を大きく開いた。

「あ、金三さん」

登一郎が振り向く。

横丁に、金三と亀岡が入って来る。金三の腰は縄に繋がれ、下役人がそれをつかんでいた。

戸が開いて、清兵衛も出て来た。

留七が杖を浮かせて寄って行く。

「放免されたのか」

「おうよ、権造らは小伝馬町に移されたが、おれっちは放免だ」

言いつつ、腰の縄を見た。

「いや、放免じゃねえんだけどな」

「うむ」亀岡が頷く。

「人足寄場《にんそくよせば》に送られることになった。吟味役与力様が御奉行様にお伺いを立ててくだすったところ、そう決まったそうだ」

「ほう」

登一郎は頷く。遠山殿か……。

人足寄場は大川河口近くの石川島《いしかわじま》にある。無宿人を集めて、手に職を付けさせる場所だ。

亀岡は留七を見た。

「そのほうも同様だ。同じ無宿人として送られる。ただし、怪我が治ってからでよい」

「えっ……」

留七が金三の腕をつかむと、金三は笑顔になった。

「心配はいらねえよ、人足寄場では、てめえに合った仕事をおせえてもらえるそうだ。

そこで手に職をつけりゃ、町に戻ってちゃんとしたとこで雇ってもらえるんだ。人別帳にも載せてもらえて、無宿人じゃなくなるんだぜ」

「いや、そんなことじゃねえんだ」留七は亀岡を見た。「おれも一緒に送ってくだせえ、脚はもう大丈夫でさ」

杖を置いて、地面を踏んでみせる。

亀岡は身を反らせた。

「自ら寄場に行きたがるとはな」

「いや、だって」留七は金三を指で指す。「おれが遅れて行ったら、金三が先に出ちまうかもしれねえ、おれは一緒に行って一緒に出てえんで」

「留……」金三の顔が歪んだ。

「ばっかだな、おめえは」

そう言って鼻をすする。

「ふむ、よい話だ」

清兵衛が進み出た。

「職は選べると聞いている。居職の仕事であれば、脚が多少不自由でも、障りはあるまい。どうです、亀岡様、ともに送っては」

「ふうむ」亀岡が顎を撫でた。

「まあ、よいか。行きたがらないというのであればお咎めを受けようが、早く行きたいというのなら、許されよう。あとでわたしから届けを出せばすむはず」

「へい」留七は両腕を上げげた。

「そいじゃ、お縄を」

ああ、と亀岡は手を振った。

「よい。逃げないのはわかっている」

へい、とうなずくと、留七は杖を拾って清兵衛に渡した。

「龍庵先生は出かけちまってるから、これを返して、そいで、お礼を伝えておいてくだせえ。お世話になりやしたって」

そう言って頭を下げると、金三と並んだ。

「すいやせん」金三も清兵衛に頭を下げる。

「龍庵先生には薬礼を払っておきやしたが、利八さんと清兵衛さんにはまだ……龍庵先生のとこに置いてもらってる荷物を売ってくだせえ。足りない分は、寄場を出てから払いますんで」

「ああ、かまわぬ、そのようなことは気にするな」

清兵衛が顔を振る。

「さ、では参るぞ」

亀岡が歩き出す。

急かされて足を踏み出した金三が、登一郎に振り返った。

「先生、棒術、ありがとうございやした」

いや、と登一郎は一歩、踏み出す。

「よい活躍であったぞ」

その言葉に、へへ、と金三は笑う。

二人は再び頭を下げると、横丁を出て行った。

一行を見送った清兵衛は、杖を持った手を伸ばし「やれやれ」と息を吐いた。

空を仰ぐ横顔につられて、登一郎も見上げる。

薄曇りの春の空が広がっていた。


朝の水撒きをする登一郎が、子らの笑い声にその手を止めた。

虎吉に連れられて、おうめと一松がやって来た。

出て来たお縁に、虎吉は子らの手を渡す。

「お願いしやす」

「はいな」

お縁が微笑む。

登一郎はそこに寄って行くと、虎吉を見た。

「籠作りはどうだ、身についたか」

「へい、おかげさんで、あと数日で、ひと通りのことは覚えられそうで」

おう、と利八も出て来た。

「筋がいいって言ってたぜ」

えへへ、と虎吉は笑う。

「細かい仕事が案外、向いてるみてえで。いい口利きをしてもらって、ありがとうござんす」

「なに、居職ができるようになりゃ、おうめも一松も一緒に暮らせるからな」

おうめが大人達を見上げる。

「あたい、おばちゃんに針仕事もおせえてもらってるんだ」

「ほう」登一郎はその頭を撫でた。

「それはえらい。おうめちゃんは賢いから、そのうち寺子屋に通うとよい」

「はい」利八が頷く。

「あたしもそう思ってました」

虎吉が「へい」と胸を張る。

「あっしは張り切って稼ぎまさ、そいで、おうめも一松も寺子屋に行かせまさ」

「ええ、ええ」お縁が虎吉を見た。

「できますよ、虎吉さんなら」

ね、と子らの肩を撫でる。

そこに足音が駆け込んで来た。

「すいません、龍庵先生てのはどこに……」若いおかみさんだ。

「うちの人がはしごから落ちて……」

引きつる顔に「こちらだ」と登一郎は先に立って走る。

「龍安殿、怪我人だそうだ」

登一郎の声に、すぐに戸が開いた。

うろたえる女に、ゆっくりと問う。

「目は開いておるか、しゃべれるか」

「はい、腰が痛いと言って……」

「ふむ、なれば心配はいらぬ、すぐしたくする」

そう言うと、中に戻って行く。

登一郎は女と目を合わせた。

「大丈夫だ、龍庵先生は怪我は得意だ」

その龍庵が信介を伴って出て来た。

「さ、案内いたせ」

はい、と駆け出す女について行く。

横丁を出て行く一行を見送りながら、登一郎は、ゆっくりと戻った。

虎吉の姿はすでになく、かわりに清兵衛が加わっていた。

「や、登一郎殿、案内、かたじけない」

にっと笑う。

「なに」

と、登一郎も笑みを返す。そこに、

「おはようございます」

と、声が響いた。家から出て来た新吉がこちらにやって来る。その腕には紙の束が乗せられていた。

「三月の暦ができました」

新吉は清兵衛に差し出す。

「おう、もう三月か」

利八も、

「早いものだ」

と、受け取って掲げる。

「ほんとにねえ」

お縁も手にした暦をしみじみと見た。

登一郎の前にも暦が差し出される。

え、と新吉の顔を見る。二月の暦はくれようとしなかった。

「もらってよいのか」

登一郎が手を出すと、新吉は「へい」と笑顔になった。

「横丁のもんにはただで配ってるんで」

登一郎は暦を両手に広げると、それを顔の前に掲げた。

「ただ、か」

そうつぶやくと、抑えきれない笑いを顔中に浮かべた。

時代小説

二見時代小説文庫

神田《かんだ》のっぴき横丁《よこちょう》1 殿様《とのさま》の家出《いえで》

二〇二二年 六 月二十五日 初版発行

著者 氷月《ひづき》 葵《あおい》

発行所 株式会社 二見書房
〒一〇一-八四〇五
東京都千代田区神田三崎町二-一八-一一
電話 〇三-三五一五-二三一一［営業］
〇三-三五一五-二三一三［編集］
振替 〇〇一七〇-四-二六三九

印刷 株式会社 堀内印刷所
製本 株式会社 村上製本所

ISBN978-4-576-22077-2
https://www.futami.co.jp/

氷月 葵

婿殿は山同心

シリーズ

完結

①世直し隠し剣
②首吊り志願
③けんか大名

八丁堀同心の三男坊・禎次郎は縁があって婿養子となって巻田家に入り、吟味方下役をしていたが、将軍家の菩提所を守る上野の山同心への出向を命じられた。初出仕の日、禎次郎はお山で三人の怪しげな百姓風の男たちが妙に気になった。これが世を騒がせる〝事件〟の発端であった……。姑の嫌味もなんのその、新任の人情同心大奮闘！

牧 秀彦

北町の爺様

シリーズ

以下続刊

① 北町の爺様1 隠密廻《おんみつまわり》同心

隠密廻同心は町奉行から直《じか》に指示を受ける。将軍にとっての御庭番《おにわばん》のような御役目だ。隠密廻は廻方で定《じょう》廻と臨時《りんじ》廻を勤め上げ、年季が入った後に任される御役である。定廻は三十から四十、五十でようやく臨時廻、その上の隠密廻は六十を過ぎねば務まらない。北町奉行所の八森十蔵《やもりじゅうぞう》と和田壮平《わだそうへい》の二人は共に白髪頭の老練な腕っこき。早手錠《はやてじょう》と寸鉄《すんてつ》と七変化《しちへんげ》を武器に事件の謎を解く。老練の二人が事件を謎解く新シリーズ第1弾！